批校經籍叢編 經部〇二

韓詩外傳

〔西漢〕韓嬰 著
〔清〕盧文弨 批校

浙江古籍出版社

圖書在版編目（CIP）數據
韓詩外傳 / （西漢）韓嬰著 ；（清）盧文弨批校.
杭州 ：浙江古籍出版社，2025. 1. --（批校經籍叢編）.
ISBN 978-7-5540-3274-9
Ⅰ. I207.22
中國國家版本館CIP數據核字第20259AY716號

批校經籍叢編

韓詩外傳

〔西漢〕韓 嬰 著　〔清〕盧文弨 批校

出版發行 浙江古籍出版社
（杭州市環城北路177號　郵編：310006）
網　　址 http：//zjgj.zjcbcm.com
叢書題簽 沈燮元
叢書策劃 祖胤蛟　路　偉
責任編輯 祖胤蛟　岳子衡
封面設計 吳思璐
責任校對 葉静超
責任印務 樓浩凱
照　　排 浙江大千時代文化傳媒有限公司
印　　刷 浙江新華印刷技術有限公司
開　　本 889 mm × 1194 mm　1/16
印　　張 24.5
版　　次 2025年1月第1版
印　　次 2025年1月第1次印刷
書　　號 ISBN 978-7-5540-3274-9
定　　價 268.00圓

批校經籍叢編序

古籍影印事業久盛不衰，造福於古代文獻研究者至廣至深，電子出版物相輔而行，益令讀者視野拓展，求書便捷。今日讀者泛覽所及，非僅傳世宋元舊槧、明清秘籍多見複製本，即公私各家所藏之稿本、抄本及批校本，亦多經發掘，足備檢閱。昔人所謂『文獻足徵』之理想，似已不難實現。回溯古籍影印之發展軌跡，始於單種善本之複製，進而彙聚衆本以成編，再則拾遺補缺，名目翻新，遂使秘書日出，孤本不孤，善本易得。古人之精神言語至今不絕，國人拜出版界之賜久且厚矣。處此基本古籍多經影印之世，浙省書業同仁穿穴書海，拓展選題，兹將推出『批校經籍叢編』。

昔人讀書治學，開卷勤於筆墨，舉凡經史諸子、訓詁小學、名家詩文，誦讀間批校題識，乃爲常課。後人一編在手，每見丹黄爛然，附麗原書，詁經訂史，本色當行，其批校未竟者，覽者每引爲憾事。古籍流轉日久，諸家批校又多經增損，文本歧出，各具異同，傳本既夥，遂形成『批校本』之版本類型，蔚爲大觀。古籍書目著録中，通常於原有之版本屬性後，加注批校題跋者名氏。今人編纂善本目録，遇包含批校題跋之文本，即視其爲原本以外另一版本。

古書流傳後世，歷經傳抄翻刻，版本既多且雜，脱訛衍誤，所在不免。清人讀書最重校勘，尤於經典文本、傳世要籍，凡經寓目，莫不搜羅衆本，字比句櫛，列其異同，疏其原委，賞奇析疑，羽翼原書。讀書不講版本，固爲昔人所笑，而研究不重校勘，賢者難免，批校本之爲用宏矣。前人已有之批校，除少量成果刊佈外，殘膏賸馥，猶多隱匿於各家所庋批校本中，發微闡幽，有待識者。

批校本爲古今學人心力所萃，夙受藏書家與文獻學者重視。余生雖晚，尚及知近世文獻大家之遺範，其表表者當推顧廷龍、王欣夫諸前輩。兩先生繼志前賢，好古力學，均以求書訪書、校書編書以終其身，其保存與傳播典籍之功，久爲世人熟稔，而溯其治學成果，莫不重視批校本之搜集與整理。顧老先後主持合衆、歷史文獻及上海圖書館，諸館所藏古籍抄稿本及批校本，林林總總，數以千計，珍同球璧，名傳遐邇，至今仍播惠來學，霑溉藝林。欣夫先生亦文獻名家，平生以網羅董理前賢未刊著述爲職志，其藏書即以稿抄本及批校本爲重點，傳抄編校，終身不懈，所著《蛾術軒篋存善本書録》含家藏善本千餘種，泰半皆稿抄、批校本，通行刊本入録者，亦無不同時並載前人批校。先生學問博洽，精於流略，於批校本鑒定尤具卓識，嘗謂前人集注、集釋類專著，多采摭諸家批校而成，如清黄汝成編《日知録集釋》，於光大顧亭林學術影響甚鉅，而未采及之《日知録》批校本，猶可爲通行本補苴。先生於批校本之整理實踐，又可以編纂《松崖讀書記》爲例。先生自少即有志輯録清代考據學大家惠棟批校成果，分書分條，隨得隨録，歷時久而用力深，所作『輯例』，雖爲《讀書記》而作，實則金針度人，已曲盡批校本之閫奥，不辭覼縷，摘録於次：

一、是書仿長洲何（焯）《義門讀書記》、桐城姚範《援鶉堂筆記》例，據先生校讀羣書或傳録本，案條輯録。先采列原文，或注或疏，或音義，次空一字録案語。如原文須引數句或一節以上者，則止標首句而繫『云云』二字於下，以省繁重，蓋讀此書者，必取原書對讀，方能明其意旨也。

二、所見先生校讀之書，往往先有先生父半農先生評注，而先生再加校閲者，大概半農先生多用朱筆，先生多用墨筆。然亦有爲例不純、朱墨錯出者。原本尚可據字跡辨認，傳録本則易致混淆，故間有先後不符、彼此歧異者，亦有前見或誤，後加訂正，於此已改而於彼未及者，可見前哲讀書之精進。今既無從分析，祇可兩存之，總之爲惠氏一家之學而已。

三、原書於句讀批抹，具有精意，足以啟發讀者神智。本欲仿歸、方評點《史記》例詳著之，因瑣碎過甚，卷帙太鉅，又傳録本或有祇録校語而未及句讀批抹者，故未能一一詳之也。

四、凡傳録本多出一時學者之手，故詳審與手蹟無異，每種小題下必注據某某録本，以明淵源所自。録者間有校語，則附録於當條下。

五、先生羣經注疏校閲本，其精華多已采入《九經古義》。今所輯者皆隨手箋記，本有未定之説，或非精詣所在，然正可見先正讀書之法。若以『君子不示人以璞』之語爲繩，則非輯是編之旨也。

六、《左傳補注》已有專書，故兹編不列，其《讀説文記》傳抄本最多，其刻入《借月山房叢書》、《小學類編》者，亦出後人綴集，兹以便學者，不煩他求，故仍列入焉。

七、先生所著《更定四聲稿》，其目志傳藝文均不載，僅一見於顧（廣圻）傳録先生所校《廣韻跋》中。前年偶於坊間得朱（邦衡）手抄殘本五册，吉光片羽，亦足珍貴，重爲案韻排比，録附於後，尚冀異日全稿發現，以彌闕憾。

八、先生《文抄》，今所傳貴池劉氏《聚學軒叢書》二卷本，係出新陽趙元益所抄集，其未刻遺文（見於印本或墨蹟者），據所見附輯附後。

九、兹編所輯，僅據所藏所見者隨得隨録，其或知而未見、見而未能借得，及未知、未見者，尚待續輯，望海内藏書家惠然假讀，補所未備，是所禱耳。

十、是編之輯已歷十稔，所據各本除自有外，多假諸同好摯友，如常熟瞿氏（啟甲、熙邦）鐵琴銅劍樓、丁氏（祖蔭）緗素樓、杭縣葉氏（景葵）卷盦、吴興劉氏（承幹）嘉業堂、至德周氏（暹）自莊嚴堪、貴池劉氏（之泗）玉海堂、吴縣潘氏（承謀）彦均室、顧氏則奂過雲樓，及江蘇國學圖書館、上海涵芬樓，皆助我實多，用志姓氏於首，藉謝盛誼。

先生矻矻窮年，成此巨編，遺稿經亂散佚，引人咨嗟。先生輯録方式以外，今日利用古籍普查成果，網羅羣書，慎擇底本，影印『惠氏批校本叢書』，足與輯本方駕齊驅，而先生所記書目，猶可予以擴充。又所記底本有録自『手蹟真本』者，有從『録本』傳抄者，可知名家批校在昔已見重學林，原本、過録本久已並存。如今天下大同，藏書歸公，目録普及，技術亦日新月異，以影印代替輯録，俾原本面貌及批校真蹟一併保存，仿真傳世，其保護典籍之功，信能後來居上。

浙江古籍出版社編輯諸君，於古籍影印既富經驗，又於存世古籍稿抄批校本情有獨鍾，不辭舟車勞頓，目驗原書，比勘覆覈，非僅關注已知之名家批校本，又於前人著録未晰之本，時有意外發現，深感其志可嘉而其事可行。而入選各書，皆爲歷代學人用力至深、批校甚夥之文本，而毛扆、黄丕烈、盧文弨、孫星衍、顧廣圻等人，均爲膾炙人口之校勘學家。出版社復精心製版，各附解題，索隱鉤玄，闡發其藴。此編行世，諒能深獲讀者之歡迎而大有助於古代文獻研究之深入。

本叢書名乃已故沈燮元先生題署，精光炯炯，彌足珍貴。憶昔編輯部祖胤蛟君謁公金陵，公壽界期頤，嗜書如命，海内所共知，承其關愛，慨然賜題，不辭年邁，作書竟數易其紙。所惜歲月如流，書未刊行而公歸道山，忽已期年。瞻對遺墨，追懷杖履，益深感慕焉。

甲辰新正雨水日，古烏傷吴格謹識於滬東小吉浦畔

前言

韓超

《韓詩外傳》十卷，漢韓嬰撰，乃西漢今文《詩》學唯一較爲完整傳世的文獻。今傳《韓詩外傳》以元刻本爲最古，尚未發現簡帛或早於元代的寫本，明代有影響的傳本多出於元刻。只是這些傳本舛訛不在少數，因此清代出現了全面校訂《韓詩外傳》的兩部著作——趙懷玉校刻《韓詩外傳》與周廷寀《韓詩外傳校注》，將《韓詩外傳》的整理提到了新的高度，奠定了後世研究的基礎。其中，趙氏校刻本以搜羅版本廣泛、引證他書衆多，在時間上又略早於周氏，而得到廣泛關注。但是，在趙氏校刻過程中，發揮了決定性作用的盧文弨手校本《韓詩外傳》，由於長期未見流通而湮没於歷史中。這次把它影印出來，就是要表彰其在清代《韓詩外傳》校刻史上的價值，補上這一明清諸刻間的重要鏈環。

一　《韓詩外傳》版刻簡述

宋元以來，《韓詩外傳》版刻不絶，現存最早爲元至正十五年（一三五五）嘉興路儒學刻本。明刻則較夥，其最著者：一是嘉靖十四年（一五三五）吴郡蘇獻可通津草堂刻本，一爲嘉靖間沈辨之野竹齋刻本，皆出於元刻。又有嘉靖十八年（一五三九）薛來芙蓉泉書屋刻本，其字句與元刻及蘇、沈二本頗有異同，而明萬曆間程榮刻《漢魏叢書》本、胡文煥刻《格致叢書》本、天啟六年（一六二六）唐琳刻本，皆源於薛氏刻本。崇禎間毛氏汲古閣又刻，其底本亦出蘇、沈一系，清人以其爲明刻中較善之本。然而無論是汲古閣本，還是上述諸種，舛訛均不在少數，尤其是改易《韓詩》異文以從《毛詩》，更使《韓詩》真面不可得見。於是，清人校正之作便應運而生。

今傳清人版刻《韓詩外傳》，以乾隆五十五年（一七九〇）趙懷玉亦有生齋刻本最早，且是對全書進行校正。同時而稍晚刊刻的，是乾隆五十六年（一七九一）新安周氏營道堂刻本，乃周廷寀校注。餘如陳士珂《韓詩外傳疏證》、許瀚《韓詩外傳校議》、俞樾《讀韓詩外傳》等，或其體非以校勘爲主，或其文僅關注部分，皆不能當全面校正之作。趙、周二書各有佳處，因此光緒元年（一八七五）吴棠望三益齋用周、趙二校合刊，兼備二長。此後，無論以何種形式校注《韓詩外傳》，趙、周二校總是必備的參考與基礎，而論對校版本之多與他校範圍之廣，則周又不如趙。所以，從産生時間與文字校勘來説，趙氏亦有生齋刻本可稱清人校正《韓詩外傳》之首。

然而，對於趙懷玉的校正，清人嚴元照以爲出自盧文弨。趙氏也説，因見盧氏手校本，而取向所參校者改竄附益。盧文弨（一七一七—一七九六），初名嗣宗，字紹弓（一作召弓），號磯漁、檠齋，晚更號弓父，別署𢎘菴、萬松山人等。其堂顏曰『抱經』，因以自號，故學者又稱『抱經先生』。浙江仁和（今杭州）人，祖籍浙江餘姚。清乾隆三年（一七三八）舉人，十七年（一七五二）以一甲第三名中進士，授編修。官至湖南學政，因條陳學政事謫官還都。三十七年（一七七二）南歸，歷任南京鍾山書院、杭州紫陽書院、太原三立書院、常州龍城書院等講席。盧氏是清中期著名的校勘大家，校書遍及四部，『皆使學者諟正積非，蓄疑涣釋』。有盧氏手書校記的書籍，不僅具有較高的學術價值，在盧氏殁後亦逐漸成爲文物性善本。趙氏在校正《韓詩外傳》時，盧氏出示的正是自己的手校本。那麽，趙氏對盧氏之校，究竟改竄多少、附益多少，還是如嚴氏所説全出盧氏，由於今刻本未特爲標明，而終不可知。

幸而，中國國家圖書館藏有一部盧文弨四色手校本《韓詩外傳》（以下簡稱『盧校《外傳》』），正是趙氏所云『先生出手定本見示』者。其本朱墨丹黄，一字不苟，爲我們解開趙校與盧校的關係提供了可靠的實證，也爲我們重新認識清代《韓詩外傳》校勘史提供了新的史料。

二　盧校《外傳》概況及其流傳

盧校《外傳》，底本爲明萬曆間何允中刻《廣漢魏叢書》本，盧氏以朱、墨、藍、黄四色筆校。序首葉鈐『盧文弨字紹弓』白文方印，目録首葉鈐『數間艸堂藏書』白文長方印，卷端鈐『文弨校正』白文方印，書末鈐『抱經堂印』朱文方印。盧氏所校《廣漢魏叢書》本，其鈐印與位置多是如此，鮮有例外。卷端葉眉朱筆書『毛晉本』『胡文焕本』『程榮本』『通津草堂本』，又墨筆書『吴郡沈辨之野竹齋本』，此盧氏所用校本，且明確説明版本者。此外又有『林本』『唐本』等間見於校文中，具體詳下。卷端首葉以及每卷末，盧氏均寫有校勘年月。柳詒徵《盧抱經先生年譜》嘗曰：『丁卯之夏，檢書盋山，見先生手校諸本，丹黄爛然。逐卷識校讀月日，旁及天時人事，洎往來游從栖息宴飲之所。私念此皆《抱經堂文集》及近世藏書家目録所未詳載，若就館書迻録一册，再從文集及他書鉤稽其生平，按年排比，使後之人知先生自某年發憤校書，至某年而雕刊某本，其中某年某月某日居某地，讀某書，一一可考，于以見前輩劬學之風，示來彦讎書之法，爲抱經先生校書史，亦藝林之佳話也。』國學圖書館所藏盧校年月，已有趙鴻謙《陶風樓藏盧抱經校本述要》録出，此本則研究者尚未及之。

盧氏殁後，其藏書與手校本均散出，秦瀛《拜經堂文集序》云：『猶憶紹弓先生老居杭州，余嘗與往還。無何，出遊，阻之不獲，而先生竟没于毗陵。身後寥落，生平所手定古本書及其著作，皆鬻於他氏，爲之慨然。』此本舊爲胡爾榮所藏，鈐『胡爾榮印』白方、『豫波』朱方二印。除此，胡氏還藏有盧校《大戴禮記》《竹書紀年》《逸周書》《國語》等，在今存盧校本舊藏家中，屬收藏較多的。護葉别粘信札一通，曰：『示悉《韓詩外傳》是《漢魏叢書》本，抱經學士以三本精校，參以故書雅記，旁及類書，的是用功之書。（筆者按：此下原有「可購勿失」四字，後圈去。）其直能數十番餅，尚是便宜也。季和在發起人列，至妙。一二日内尚需與伯南兄面談。《青衿録》併繳，此复貴上大人。心泐。』對此本盧校之精，給予了充分肯定，惜尚不知爲何人書。最後，此本於二十世紀五十年代，經沈燮元先生代購，入藏北京圖書館（今中國國家圖書館）至今。〔一〕

三　盧氏校勘時間與所用校本

盧氏初校此書在乾隆十八年（一七五三），此後分别於四十五年（一七八〇）、五十年（一七八五）、五十五年再校，至少凡

〔一〕　沈先生認爲此書即過雲樓舊藏，《顧氏過雲樓藏書之過去與現在》説：『過雲樓的書，偶爾也有零散流出的，如上世紀五十年代初，我在蘇州蘇南文管會工作時，顧家的遠房親戚送來一部盧文弨五色批校本（筆者按：此本僅有四色，當是沈先生匆匆看過，略有誤記）《韓詩外傳》，由於當時文管會經費緊張，無法收購，正好北京圖書館的趙萬里先生留了些錢，委託我在蘇州如遇到好書，代北圖收購，這部書現在就藏在國家圖書館。』不過，此本並未見載於傅增湘撰《顧鶴逸藏書目》，書内也没有顧氏任何藏書印記。

四校。如此用心，即使在現存盧校本中也是較爲少見的。因就各時期所校，及所用之校本，一一釐析如下。

乾隆十八年，盧氏以明崇禎毛氏汲古閣刻《津逮秘書》本、明萬曆胡文煥刻《格致叢書》本、明萬曆程榮刻《漢魏叢書》本校。此本卷端葉眉朱筆書『毛晉本』『胡文煥本』『程榮本』『通津草堂本』，墨筆書『吴郡沈辨之野竹齋本』，又題名下寫『乾隆癸酉七月，盧文弨以三本對校』。校勘年月乃朱筆書寫，所以野竹齋本非『三本』之一。又通津草堂本書於程榮本下，且校記中多不與其他三本連貫，而是並列書寫，故當是後校者。所以，乾隆十八年癸酉所校，乃以毛晉、胡文煥、程榮三種爲校本。

除上述提及五種校本外，其他校本盧氏並未專門指出，見於校記中的有『林本』『唐琳本』『舊本』。所謂『林本』，當指通津草堂後印本，文字較通津草堂本有所修訂。如卷三第十一葉第六行『澤人足乎水』，後印本『水』改作『木』。此本盧校曰：『林本作木。』這樣的本子，有些卷前有落款爲『嘉靖戊戌八月望日僊居林應麒識』的《刻韓詩外傳序》，盧氏見到的應是如此，故稱爲『林本』（中國國家圖書館有藏，索書號：13375）。『唐琳本』即明天啟間刻唐琳點校本（中國國家圖書館有藏，索書號：16840），與此本盧校云『唐本某』者皆相符。『舊本』乃是對各本之混言，蓋凡上述諸本皆同，而《廣漢魏叢書》不同者，盧校則云『舊本某』。乾隆十八年以後所用校本，盧氏均未具體標明何時使用何本對校。以下，筆者據校記及各卷末題識略作分析，以備參考。

首先，據校勘題識、校書墨色的差異，可以看出沈氏野竹齋本、唐琳本，乃乾隆五十五年據以校者。此本卷一末題識『乾隆庚子正月十七日盧抱經閱』（朱筆），『乙巳十月七日』（朱筆），『庚戌二月廿六日閱』（墨筆）。據此可知盧氏於乾四十五年、五十年、五十五年，又三次校勘此書。而所有卷末題識中，只有『庚戌』年有墨筆書寫的情況，其他年份均是朱筆書寫。並且，當墨筆書寫庚戌年日期時，同卷中的『沈本』『唐本』校記也同樣是墨筆。唯有卷三、卷四中，庚戌年也是朱筆，而同卷的沈本、唐本也相應是朱筆書寫。卷十末，盧氏校勘題識云：『庚戌三月八日，以沈本再校。』既然以沈本對校在乾隆五十五年，則與之墨色相同，又多不與之成對出現的唐本（此可以作爲同時間校的一個理據，具體詳下文），亦當在此時使用。

其次，據書寫位置、校記用詞等關係，可以判斷林本、通津草堂本的使用，可能分別在乾隆四十五年、五十年。卷二『顏淵侍坐』條：『造父不極其馬者以舜無佚民。』盧氏圈去『者』字，旁以朱筆書『是』，其下朱筆小字注『通』，墨筆注『沈』。意思是，通津草堂本、野竹齋本『者』作『是』。而同一處校勘，葉眉又有校記『林是』，即林本作『是』。這説明使用林本、通津草堂本並不是同一時間，否則何以林本眉批於上，而注通津草堂本於字旁。既非一時，那麽何者在前？同卷『玉不琢不成器』條：『君子學之則爲國用。』『學』旁書『謀』字，校記曰：『林謀，通同。』即林本作『謀』，通津草堂本與林本同。我們發現，凡林本與通津草堂本同時出現時，林本下皆出異文，而通津草堂本多用『通同』或注於校改字下表示。可見，盧氏使用通津草堂本要晚於林本。另一個旁證是，乾隆十八年盧氏用三本校勘時，凡三本一致而與底本有異者，僅記『毛本某』而不兼書另外二本。只有毛本與底本相同，其他有一種不同時才會記。如卷五『傳曰天子居廣厦之下帷帳之内』，校記云『胡本帷幄』。即毛本、程本皆與底本一致，皆作『帷帳』，而胡本則作『帷幄』。這説明，若盧氏在同一時間用多本對校，那麽大概率會選擇一部主要的出校記，而不會像林本與通津草堂本，即使文字多有一致也一一出校。

當然，筆者這裡對某時間使用某校本的劃分，並不是一種絶對的對應，而是大概率在這個時間段主要使用了某本對校，以便大致梳理盧氏校書的過程。其實，這是一種理想化的邏輯推測，如果盧氏校勘了更多遍而未寫下校勘年月，或者寫下校勘年月時並未使用任何校本，那麽我們的推測可能是全然有誤的。我們應該承認，當面對複雜的事實時，特别是私人化的活動時，可能符合邏輯並不一定符合真相。從此本就可以看出，即使在使用過某本之後，盧氏覆校時也還是會有所參考。如卷十『晉平公之時』條：『士大夫聞者趨車馳馬救火。』針對『者』字，盧校曰『林皆』，而『林』字旁又書『毛』字。顯然，這個表示毛本亦作『皆』的校記，只能與林本同時或稍後。但上文已經説到，盧氏初校此本已使用毛本對校，可知其後又時有參考。

綜上所述，盧氏校勘《韓詩外傳》至少四次，其中以别本對校者大致可分幾個時間段：乾隆十八年，以明崇禎毛氏汲古閣刻《津逮秘書》本、明萬曆胡文焕刻《格致叢書》本、明萬曆程榮刻《漢魏叢書》本校；四十五年，以嘉靖十七年（一五三八）林應麒序通津草堂後印本再校；五十三年（一七八八），以明嘉靖十四年吴郡蘇獻可通津草堂刻本三校；五十五年，以明嘉靖吴郡沈辨之野竹齋刻本、明天啟間刻唐琳點校本四校。此外，盧氏又雜引《尚書大傳》《大戴禮記》《公羊傳》《戰國策》《列女傳》《荀子》《韓非子》《呂氏春秋》《淮南子》《新序》《説苑》《初學記》《太平御覽》《文選》等以校補。其後凡校《韓詩外傳》者，在版本上的突破主要是發現了元至正刻本，而其他方面則大體以盧氏上述所用版本及他書爲核心而略有拓展。

四　盧校與趙校的關係

據盧校《外傳》題識，盧氏最後一次校閲在乾隆五十五年三月，兩個月後常州趙懷玉亦有生齋就刊刻了校正本《韓詩外傳》（以下簡稱『趙刻本』）。而稍讀趙氏自序即知，趙刻本的刊刻與盧氏關係匪淺，《校刻韓詩外傳序》曰：『歲戊申，餘姚盧弓父先生來主吾郡講席，洽聞舉遺，日以表章周、秦、兩漢之書爲事，丹黄讎勘，一字弗苟。過從之暇，偶及是書，先生出手定本見示，嚴核博綜，略無遺憾，乃取向所參校者改竄而坿益之。』戊申爲乾隆五十三年，盧氏講學於常州龍城書院，趙氏在與之交往中看到了盧氏校本，並據之『改竄坿益』而成校正本。如此，則趙刻本是以趙氏自校本爲基礎，吸取盧氏部分校勘成果而成的。然與盧氏交遊者，如嚴元照、段玉裁等卻明確説，趙刻本校記乃是盧氏所作。

嚴元照《悔菴學文》卷八《又書抱經先生札記後》云：『先生所校書，自付梓者《逸周書》《白虎通》等是也。它人出貲者，則不自署名。若《荀子》則嘉善謝，《呂覽》則鎮洋畢，《韓詩外傳》則武進趙。唯以書之流播爲樂，不務以劉向、揚雄自詡也。』段玉裁《翰林院侍讀學士盧公墓誌銘》亦云『出所定《荀卿子》《呂氏春秋》《韓詩外傳》鏤版行世』，與嚴氏所舉之書一致。《荀子》爲盧校是明確的，謝墉序即云：『其援引校讎悉出抱經，參互考證，往復一終，遂得蕆事。以墉謭陋，誠不足發揮儒術，且不欲攘人之美。而抱經頻致書屬序，因舉其大要，略綴數語於簡端。』所以，該書參訂姓氏雖鐫『嘉善謝墉金圃輯校』，卻也堂而皇之地收入了《抱經堂叢書》。但趙序卻語焉不詳，正文中也没有出現援引盧氏之類的説法，所以究竟『改竄坿益』到何種程度就不得而知。盧氏『手定本』究竟只是參考之一，還是如嚴、段所説趙刻本校記全然爲盧氏所作，亦難從趙刻本中看出端倪。

作爲當事人，盧氏對誰校了這部書倒並不在意，其爲趙刻本撰序曰：『吾友武進趙舍人億孫既取數本校之，又取其與諸書相出入者參互考證，擇其是者從之，其義得兩通則仍而不革，慮其損真也。又諸書所引亦尚有出於此書之外者，復爲之博綜以繫於後，蓋自有雕本以來至今日而譌者正、脱者補，閲者咸稱快焉。余亟慫恿付梓，公諸同好，因綴數言於簡端。』盧序極力表彰了趙刻本的價值，甚至未嘗提及自己校過此書，更把校本交給趙氏參考。當然，盧氏此序充滿了人情世故，不一定是趙氏真實的校書過程。就像畢沅靈巖山館刻本《吕氏春秋》，乃盧氏校後相予，卻只列名『審正參訂姓氏』而已。《小莽蒼蒼齋藏清代學者書札》收盧氏致畢氏函一通，正是其以所校《吕氏春秋》相贈之事，曰：『友朋復相勸梓《吕氏春秋》，此書從善本精校，書前列合校姓氏，竊欲借光大名以爲重，敢以爲請。』可見，即使盧氏言之鑿鑿，趙刻本乃趙氏自爲校正，也不可全信，況趙氏已透露盧校信息。如果盧氏『手定本』亡佚，那麽這個問題或將永遠停留於猜測。萬幸中國國家圖書館藏有這部盧校《外傳》，爲解決趙刻本校記問題提供了契機。雖然我們不能保證此本與『手定本』完全等同，但其中校記大體應與『手定本』差異不大，故只需將盧校《外傳》與趙刻本對校，我們自然可以發現其中的因革損益。這裡不妨以卷一爲例，略作探索，以引起研究者的注意。

（一）趙刻本與盧校本同者

1. 故君子橋褐趨時（故君子矯褐趨時）〔一〕

【趙】『橋』，本或作『矯』，古通用，今從毛本、通津草堂本。

【盧】改『矯』爲『橋』，小注『通』；〔二〕校曰：『「矯」，毛、沈本「橋」』。

〔一〕出文爲趙刻本文字，括號内爲盧校本底本文字，若無不同則不括注。

〔二〕盧校本一般以校勘符號表示增删改乙，故此處是筆者對盧氏校勘的描述，非盧校本如此。下『校曰』後皆爲盧氏校記。

2. 莫明於水火

【趙】胡本作『乎』。

【盧】『乎』，胡本。

3. 進退趍步

【趙】舊作『移步』，譌。《荀子》作『趨行』，則此乃『趍』字，誤爲『移』也。

【盧】『移步』旁書『趨行』，小注『荀』。校曰：『「移」當作「趨」。「趨」亦有作「趍」者，近於「移」，因而致訛。』

4. 由禮則雅不由禮則夷固（由禮則夷國）

【趙】本皆作『由禮則夷國』，譌脱殊甚，今依《荀子》補正。《荀》云：『不由禮則夷固，僻違庸衆而野。』楊注：『夷，倨也。固，陋也。』

【盧】『由禮』下補入『則雅不由禮』，『國』改爲『固』。校曰：『缺五字，當依《荀子》補。「國政」與下複，亦當依《荀子》改正。《荀》本作「不由禮則夷固，僻違庸衆而野，故人無禮則不生」。』

5. 非知也（非和也）

【趙】『知』，本或作『和』，非。

【盧】改『和』爲『知』。校曰：『「和」，毛、沈本「知」，《荀》「知」。』

卷一趙刻本校記共七十一條，其中與盧校《外傳》相同者五十四條，以上僅舉部分爲例。二者的區別，只是盧校《外傳》直書各本文字，而不用文字敘述。

（二）趙刻本與盧校本略異者

1. 勞過者

【趙】《説苑》作『佚勞過度者』，《家語》同，此似脱二字。

【盧】『勞』上書『佚』，小注『《苑》』。『過』下書『度』，小注『《苑》《家》』。又『勞』上書『逸』，小注『《家》』。

2. 客之行差遲乖人

【趙】句有訛，《御覽》八百十九作『行客之人嗟然永久』，《列女傳》同。

【盧】旁書『行客之人嗟然永久』，小注『《御》八百十九，同《列女傳》。』

3. 楮冠黎杖而應門

【趙】『楮冠』，《莊》作『華冠』，以樺皮爲冠也。『黎』，《莊子》《新序》皆作『藜』。

【盧】『黎』旁書『藜』，小注『《序》』。

4. 三月微的

【趙】《大戴·本命篇》作『徹眗』，《玉篇》音徒賢、徒涓二切。今《大戴》作『徹的』，《説苑·辨物篇》作『達眼』。

【盧】校曰：『《大戴·本命》作「徹眗」。』

5. 三年腦合

【趙】《説苑》作『顖合』。《大戴》作『瞦合』，瞦爲目童子精，似不當言合。或云從『冃』，亦無考。《家語·本命解》作『腮合』。

【盧】『腦』旁書『顖』，小注『《説苑》』；又書『顋』，小注『《家》』；又書『瞦』，小注『《大》』。

6. 搔首踟躕

【趙】《文選》注凡六引，皆作『躊躇』，唯《鸚鵡賦》注與此同，順賦文也。

【盧】校曰：『《文選》注引《韓詩》作「躊躇」。』

7. 是磏仁者也

【趙】磏蓋苦節過中以自厲爲仁者。

【盧】校曰：『《韓非子·六反篇》：「行劍攻殺，暴憿之民也，而世尊之曰磏勇之士。」』

8. 遂抱石而沈於河

【趙】《新序》《初學記》《御覽》『抱石』皆作『負石』，《史記·鄒陽傳》索隱引《新序》作『遂抱甕自沈于河』。

【盧】『抱』旁書『負』，小注『御』。

以上略有差異者共八條，但這種小異並没有對文本校勘産生實質上的影響。

（三）趙刻本與盧校本相左或盧校本無者

1. 南有喬木不可休思（毛本作『息』，乃後人所改，今從《詩考》）。〔一〕

2. 降禮尊賢（『降禮』疑是『隆禮』）。

3. 柳下惠殺身以成其信

【趙】柳下惠不證岑鼎，《吕氏春秋·審己篇》《新序·節士篇》皆載之，此所謂成其信也。《説苑·立節篇》作『尾生』，此泥殺身而失之者也。尾生之信，豈可與比干、夷、齊並論哉。

【盧】校曰：『柳下惠，《説苑·立節篇》作「尾生」，是。』

4. 而仕也不辭也（此六字《説苑》作『士不辭也』。『仕』與『士』古亦通用）。

5. 賢士欲成其名（《説苑》作『賢者欲養』）。

6. 家貧親老不擇官而仕（《説苑》以爲子路之言，《家語·致思篇》同）。

7. 張琴然（《淮南》『琴』作『瑟』）。

8. 大絃急（《淮南》作『緪』）。

〔一〕　按：此處括號内文字爲趙刻本校記，盧校本無，下同。

9. 急轡銜者（『銜』，《淮南》作『數策』二字）。

以上趙校與盧校相左者一條，趙氏從義理的角度來説明《説苑》作『尾生』之非，不一定站得住腳，但盧氏以《説苑》爲是則固未爲確；盧校《外傳》無者九條，盧氏未有任何文字述及，當是趙氏自校所得。

上述三類中，第一類『趙刻本與盧校本同者』數量最多，佔全部條目的百分之七十强。這類相同並不僅是結論的一致，而是論據、論證過程、結論均一致。只是盧校本的某些表達是用校勘符號完成的，趙刻本因是刻本故以語言描述。並且，某些條目趙刻本不如盧校本細緻。如第五條，盧校本指出毛氏汲古閣本、沈氏通津草堂本、《荀子》均作『知』，有他本及他書校勘依據，而趙刻本僅云其非。第二類『趙刻本與盧校本略異者』佔比次之，而實際上兩者的差異並不大，只是趙刻本多有按斷，盧校本並未明確下結論，或趙刻本論據較盧校本多一二條。第三類是趙校與盧校意見相左，或盧校本無的，但僅有九條，佔全部條目的百分之十一。又其中第二條疑趙氏誤校，或其所用之本有誤。檢諸毛氏《津逮秘書》本，正作『思』，不作『息』。這一比例，放諸全書也大體是合適的，其中趙校本獨有者約一百五十八條。

因此，不能説趙刻本全爲盧校，但不可否認盧校《外傳》於趙刻本而言，並不僅僅是一種參考。若版本校勘無法判斷趙刻本是否借鑒，那麼某些主觀性敘述或校補則必出自盧校。卷八『子賤治單父』條（盧校《外傳》第七葉），盧氏於『惜乎不齊』下補『之所爲者小也』，校記云：『約《説苑》《家語》增。』趙刻本已補此六字，校曰：『此六字舊本脱，約兩書補。』兩書即《説苑》與《家語》，趙刻本承上而省略（這類情況在使用時也需要注意）。但《説苑》《家語》原文並非如此，《説苑·政理》『不齊之所治者小也』，《家語·辯政》『惜乎不齊之以所治者小也』。盧氏據二書文字，參以上下文而爲之補，趙刻本與之同則必襲盧氏。所以，如果將趙氏『乃取向所參校者改竄而坿益之』，理解爲以盧校《外傳》爲中心，將己所參校者改竄附益其上，那麼各家對於趙刻本校記來源的説法就都能圓融無礙了。另外，趙刻本中涉及的『元本』『元刻』，以及部分傳世本所附《校補》涉及的『元本』『顧廣圻校』等，皆是盧校《外傳》没有的，也是趙刻本的獨特價值所在。

結語

我們揭示盧校《外傳》與趙刻本的關係，並不是貶低趙刻本的價值，而是從《韓詩外傳》的校刻史來説，盧校的作用由於實物的缺失而長期湮没。不可否認，趙刻本仍是今後研究《韓詩外傳》必備的參考，而盧校《外傳》則對我們斟酌、補充趙校提供了不可多得的材料，其出版與傳播也一定可以在《韓詩外傳》中引發新的增長點。此次彩色影印，即據中國國家圖書館藏盧文弨四色手校本《韓詩外傳》（索書號：11512）爲底本，以期在歷史的細節與空白中，嵌上一塊真實的拼圖。

二〇二〇年十二月，草稿於南京圖書館
二〇二三年五月，定稿於上海圖書館
二〇二三年八月，修訂於南京圖書館

目録

韓詩外傳

〔西漢〕韓嬰 撰
〔清〕盧文弨 批校

底本爲中國國家圖書館藏明末刻廣漢魏叢書本原書框高二十厘米寬十四點三厘米

承惠韓詩外傳是漢魏叢書本 抱經學士以三本精校
參以他書雅記齋及類書的是用功之書 而購回見其值
能敵十番餅而是便宜也 季和在叢起人列五妙 一二日
內而需与 伯南兄面談青衿承得繳 此致
貴上大人 心叨

松茂室

韓詩外傳序

文之在世如風行水上變態無定惟載道者可貴也外此藐焉爾六經之文渾涵如天萬象森列不可尚已至孔孟繼六經而作其文廣大淵弘中閒每取易詩書中之要語而推廣之

闡幽微顯以盡其蘊則道從此出矣夫何韓嬰處乎漢孝文之世遭秦火絕學之餘迺能衍詩作傳命意布詞一倣孔孟之文凡諸詩言約旨遠者悉肆力極致上推天人之理下及萬物之情以盡其意文則嚴整簡古厲

世範俗皆順於道宛然聖門家法豈
漢世人物之所遽能邪然生在當昔
以詩名與魯申培齊轅固二詩並列
於世亦嘗以易作傳授人今已不傳
而其詩亦亡又因以慨歎天下之遺
書於無窮也嗟乎韓生不見於經傳

故世鮮聞今薛子汝修篤學嗜詩廼於先曾大父黃門公笥中得此書愛其文古而鋟諸梓以傳於世其用心不亦可嘉也乎濟南陳明撰

諺曰韓詩鄭易挂著壁
見張懷瓘書斷

韓詩外傳目録

目錄終

胡文煥本　程榮本　通津草堂本

吳郡沈辨之野竹齋本

韓詩外傳卷一

漢　燕人韓嬰著　楊宗震閱

乾隆癸酉七月盧文弨以三本對校

曾子仕於莒得粟三秉方是之時曾子重其祿而輕其身親沒之後齊迎以相楚迎以令尹晉迎以上卿方是之時曾子重其身而輕其祿懷其寶而迷其國者不可與語仁窘其身而約其親者不可與語孝任重道遠者不擇地而息家貧親老者不擇官而仕故君子矯褐趨時當務為急傳云不逢時而仕任事而敦其慮為之使而不入其謀貧焉故

橋 通

橋 毛本 橋　沈

韓詩外傳卷一

也詩曰夙夜在公實命不同

傳曰夫行露之人許嫁矣然而未往也見一物不具一禮不備守節貞理守死不往君子以爲得婦道之宜故舉而傳之揚而歌之以絕無道之求防汙道之行乎詩曰雖速我訟亦不爾從

孔子南遊適楚至於阿谷之隧有處子佩瑱而浣者孔子曰彼婦人其可與言矣乎抽觴以女不可求思此之謂也

哀公問孔子曰有智壽乎孔子曰然人有三死而非

列女傳六

抽觴以授子貢曰善爲之辭以觀其語子貢曰吾北鄙之人也將南之楚逢天之暑思心潭潭願乞一飲以表我心婦人對曰

列女傳下婦人俱作處子

落三百六字 毛本有

阿谷之隧隱曲之汜其水載清載濁流而趨海欲飲則飲何問婦人乎受子貢觴迎流而挹之奐然而棄之促流而挹之奐然而溢之坐置之沙上曰禮固不親授子貢以告孔子曰丘知之矣抽琴去其軫以授子貢曰善爲之辭以觀其語子貢曰鄉子之言穆如清風不悖我語和暢我心於此有琴而無軫願借子以調其音婦人對曰吾野鄙之人也僻陋而無心五音不知安能調琴子貢以告孔子曰丘知之矣抽絺紘五兩以授子貢曰善

命也者自取之也居處不理飲食不節勞過者病共殺之居下而好干上嗜慾無厭求索不止者刑共殺之少以敵衆弱以侮强忿不量力者兵共殺之故有三死而非命者自取之也詩云人而無儀不死何爲

家語五儀解一
文子符言篇載老子之言略同

傳曰在天者莫明乎日月在地者莫明於水火在人者莫明乎禮義故日月不高則所照不遠水火不積則光炎不博禮義不加乎國家則功名不白故人之命在天國之命在禮君人者降禮尊賢而王

重法愛民而霸好利多詐而危權謀傾覆而亡詩曰人而無禮胡不遄死

君子有辯善之度以治氣養性則身後彭祖脩身自强則名配堯禹宜於時則達厄於窮則處信禮者也凡用心之術由禮則理達不由禮則悖亂飲食衣服動靜居處由禮則知節不由禮則墊陷生疾容貌態度進退移步由禮則夷國政無禮則不行王事無禮則不成國無禮則不寧王無禮則死亡無日矣詩曰人而無禮胡不遄死

為之辭以觀其語子貢曰吾北鄙之人也將南之楚於此有絺紘五兩吾不敢以當子　置之水浦婦人對曰　乖人分其資財棄之野鄙吾年甚少何敢受子子不早去今竊有狂夫守之者矣詩曰南有喬木不可休思漢有遊女不可求思此之謂也

孔子高曰阿谷之言起於近世殆是假其類以行其心者之病也見孔叢子

移當作趨趍亦有作趍者近於移因而致訛

缺五字當依荀子補國政與下複亦當依荀子改正一本作不由禮則夷固僻違自衆而野故人無禮則不生

說苑有假字

柳下惠說苑作尾生是 立節篇

傳曰不仁之至忽其親。不忠之至倍其君。不信之至欺其友。此三者聖王之所殺而不赦也詩曰人而無儀不死何爲

王子比干殺身以成其忠柳下惠殺身以成其信伯夷叔齊殺身以成其廉此三子者皆天下之通士也豈不愛其身哉爲夫義之不立名之不顯則士恥之故殺身以遂其行由是觀之卑賤貧窮非士之恥也。天下舉忠而士不與焉。舉信而士不與焉。舉廉而士不與焉。三者存乎身名傳於世與日月

毛本無禮似誤

並而息天不能殺地不能生當桀紂之世不之能汚也然則非惡生而樂死也惡富貴好貧賤也由其理尊貴及己而仕也不辭也孔子曰富而可求雖執鞭之士吾亦爲之故阨窮而不憫勞辱而不苟然後能有致也詩曰我心匪石不可轉也我心匪席不可卷也此之謂也

原憲居魯環堵之室茨以蒿萊蓬戶甕牖桷桑而無樞上漏下濕匡坐而絃歌子貢乘肥馬衣輕裘中紺而表素軒不容巷而往見之原憲楮冠黎杖而

應門正冠則纓絕振襟則肘見納屨則踵決子貢曰嘻先生何病也原憲仰而應之曰憲聞之無財之謂貧學而不能行之謂病憲貧也非病也若夫希世而行比周而友學以爲人教以爲己仁義之匿車馬之飾衣裘之麗憲不忍爲之也子貢逡巡面有慙色不辭而去原憲乃徐步曳杖歌商頌而反聲淪於天地如出金石天子不得而臣也諸侯不得而友也故養身者忘家養志者忘身身且不愛孰能忝之詩曰我心匪石不可轉也我心匪席

問之義一 三有解一

大作雖不能盡善盡美
家作雖不能備百善之美

荀子不苟篇二

荀作其誰能以己之潐潐受人之掝掝者哉

不可卷也

傳曰所謂士者雖不能盡備乎道術必有由也雖不能盡乎美著必有處也言不務多務審所行而已行既已尊之言既已由之若肌膚性命之不可易也詩曰我心匪石不可轉也我心匪席不可卷也

善 形校

傳曰君子潔其身而同者合焉善其音而類者應焉馬鳴而馬應之牛鳴而牛應之非和也其勢然也故新沐者必彈冠新浴者必振衣莫能以己之皭皭容人之混汙然詩曰我心匪鑒不可以茹

知

沈 和毛本知 荀知

說苑四子路問

荆伐陳陳西門壞因其降民使脩之孔子過而不式子貢執轡而問曰禮過三人則下二人則式今陳之脩門者衆矣夫子不爲式何也孔子曰國亡而弗知不智也知而不爭非忠也亡而不死非勇也脩門者雖衆不能行一於此吾故弗式也詩曰憂心悄悄慍于羣小小人成羣何足禮哉

傳曰喜名者必多怨好與者必多辱唯滅跡於人能隨天地自然爲能勝理而無愛名名興則道不用道行則人無位矣夫利爲害本而福爲禍先唯不

林云　通同　沈同

求利者爲無害不求福者爲無禍詩曰不忮不求何用不臧

傳曰聰者自聞明者自見聰明則仁愛著而廉恥分矣故非道而行之雖勞不至非其有而求之雖强不得故智者不爲非其事廉者不求非其有是以害遠而名彰也詩曰不忮不求何用不臧

傳曰安命養性者不待積委而富名號傳乎世者不待勢位而顯德義暢乎中而無外求也信哉賢者之不以天下爲名利者也詩曰不忮不求何用不

尚書大傳一

臧

古者天子左五鐘將出則撞黃鐘而右五鐘皆應之馬鳴中律駕者有文御者有數立則磬折拱則抱鼓行步中規折旋中矩然後太師奏升車之樂告出也入則撞蕤賓以治容貌容貌得則顏色齊顏色齊則肌膚安蕤賓有聲鵠震馬鳴及倮介之蟲無不延頸以聽在内者皆玉色在外者皆金聲然後少師奏升堂之樂卽席告入也此言音樂相和物類相感同聲相應之義也詩云鐘鼓樂之此之

說苑建本篇
家語致思篇

不疑是下

謂也
枯魚銜索幾何不蠹二親之壽忽如過隙樹木欲茂
霜露不凋使賢士欲成其名二親不待家貧親老
不擇官而仕詩曰雖則如燬父母孔邇此之謂也
孔子曰君子有三憂弗知可無憂與知而不學可無
憂與學而不行可無憂與詩曰未見君子憂心惙
惙
魯公甫文伯死其母不哭也季孫聞之曰公甫文伯
之母貞女也子死不哭必有方矣使人問焉對曰

何四百四十一

說苑辨物篇

大戴本命作徵眗

大戴作八月此下正作八月 大戴說苑俱作臏就

昔是子也吾使之事仲尼仲尼去魯送之不出魯郊贈之不與家珍病不見士之視者死不見士之流淚者死之日宮女縗經而從者十人此不足於士而有餘於婦人也吾是以不哭也詩曰乃如之人兮德音無良

傳曰天地有合則生氣有精矣陰陽消息則變化有時矣時得則治時失則亂故人生而不具者五目無見不能食不能行不能言不能施化三月微的而後能見七月而生齒而後能食朞年髕就而後

能行三年腦合而後能言十六精通而後能施化陰陽相反陰以陽變陽以陰變故男八月生齒八歲而齠齒十六而精化小通女七月生齒七歲而齓齒十四而精化小通是故陽以陰變陰以陽變故不肖者精化始具而生氣感動觸情縱欲反施化是以年壽亟夭而性不長也詩曰乃如之人兮懷婚姻也大無信也不知命也賢者不然精氣闐溢而後傷時不可過也不見道端乃陳情欲以歌道義詩曰靜女其姝俟我乎城隅愛而不見搔首

文選注引韓詩作躊躇

新序八楚人有莊善者 渚宮舊事注云新序作莊義之

御四百九十九作杜之善

踟躕瞻彼日月悠悠我思道之云遠曷云能來急時辭也是故稱之日月也

楚白公之難有仕之善者辭其母將死君其母曰棄母而死君可乎曰聞事君者內其祿而外其身今之所以養母者君之祿也請往死之比至朝三廢車中其僕曰子懼何不反也曰懼吾私也死君吾公也吾聞君子不以私害公遂死之君子聞之曰好義哉必濟矣夫詩云深則厲淺則揭此之謂也

晉靈公之時宋人殺昭公趙宣子請師於靈公而救

淮南繆稱訓

與疑興

之靈公曰非晉國之急也宣子曰不然夫大者天地其次君臣所以爲順也今殺其君所以反天地逆人道也天必加災焉晉爲盟主而不救天罰懼及矣詩云凡民有喪匍匐救之而況國君乎於是靈公乃與師而從之宋人聞之儼然感說而晉國日昌何則以其誅逆存順詩云凡民有喪匍匐救之趙宣子之謂也

傳曰水濁則魚喁令苛則民亂城峭則崩岸峭則陂故吳起峭刑而車裂商鞅峻法而支解治國者譬

毛本削刑通同

若乎張琴然大絃急則小絃絶矣故急轡銜者非千里之御也有聲之聲不過百里無聲之聲延及四海故祿過其功者削名過其實者損情行合名禍福不虛至矣詩云何其處也必有與也何其久也必有以也故惟其無爲能長生久視而無累於物矣

傳曰衣服容貌者所以說目也應對言語者所以說耳也好惡去就者所以說心也故君子衣服中容貌得則民之目悅矣言語遜應對給則民之耳悅

韓非子六反篇行劍攻殺暴憿之民也而世尊之曰磏勇之士

矣就仁去不仁則民之心悅矣三者存乎身雖不在位謂之素形故中心存善而日新之則獨居而樂德充而形詩曰何其處也必有與也何其久也必有以也

仁道有四磏爲下有聖仁者有智仁者有德仁者有磏仁者上知天能用其時下知地能用其財中知人能安樂之是聖仁者也上亦知天能用其時下知地能用其財中知人能使人肆之是智仁者也寬而容衆百姓信之道所以至弗辱以時是德仁

者也廉潔直方疾亂不治惡邪不匡雖居鄉里若

坐塗炭命入朝廷如赴湯火非其民不使非其食

弗嘗疾亂世而輕死弗顧弟兄以法度之比於不

祥是礫仁者也

傳曰山銳則不高水徑則不深仁礫則其德不厚志

與天地擬者其人不祥是伯夷叔齊卞隨介子推

原憲鮑焦袁旌目申徒狄之行也其所受天命之

度適至是而亡弗能改也雖枯槁弗捨也詩云亦

已焉哉天實爲之謂之何哉礫仁雖下然聖人不

矦者匡民隱括有在是中者也

申徒狄非其世將自投於河崔嘉聞而止之曰吾聞聖人仁士之於天地之間也民之父母也今爲儒雅之故不救溺人可乎申徒狄曰不然桀殺關龍逢紂殺王子比干而亡天下吳殺子胥陳殺泄冶而滅其國故亡國殘家非無聖智也不用故也遂抱石而沉於河君子聞之曰廉矣如仁歟則吾未之見也詩曰天實爲之謂之何哉

鮑焦衣弊膚見挈畚持蔬遇子貢於道子貢曰吾子

何以至於此也鮑焦曰天下之遺德教者衆矣吾何以不至於此也吾聞之世不已知而行之不已者爽行也上不已用而干之不止者是毁廉也行爽廉毁然且弗舍惑於利者也子貢曰吾聞之非其世者不生其利汙其君者不履其土非其世而持其蔬詩曰普天之下莫非王土此誰有之哉鮑焦曰於戲吾聞賢者重進而輕退廉者易愧而輕死於是棄其蔬而立槁於洛水之上君子聞之曰廉夫剛哉夫山鋭則不高水徑則不深行磏者德

不厚志與天地擬者其爲人不祥鮑焦可謂不祥矣其節度深淺適至於是矣詩云亦已焉哉天實爲之謂之何哉

昔者周道之盛召伯在朝有司請營召以居召伯曰嗟以吾一身而勞百姓此非吾先君文王之志也於是出而就蒸庶於阡陌隴畒之間而聽斷焉召伯暴處遠野廬於樹下百姓大悅耕桑者倍力以勸於是歲大稔民給家足其後在位者驕奢不恤元元稅賦繁數百姓困乏耕桑失時於是詩人見

召伯之所休息樹下美而歌之詩曰蔽芾甘棠勿剪勿伐召伯所茇此之謂也

乾隆庚子正月十七日盧抱經閱

乙巳十月七日

庚戌二月廿六日閱

韓詩外傳卷一終

此兩召字毛本亦同當一例

韓詩外傳 卷一 十二

韓詩外傳卷二

楚莊王圍宋有七日之糧曰盡此而不尅將去而歸於是使司馬子反乘闉而窺宋城宋使華元乘闉而應之子反曰子之國何若矣華元曰憊矣易子而食之析骸而爨之子反曰嘻甚矣憊雖然吾聞圍者之國箝馬而秣之使肥者應客今何吾子之情也華元曰吾聞君子見人之困則矜之小人見人之困則幸之吾望見吾子似於君子是以情也子反曰若子其勉之矣吾軍有七日糧爾揖而去

子反告莊王莊王曰若何子反曰憊矣易子而食之析骸而爨之莊王曰嘻甚矣憊今得此而歸爾子反曰不可吾已告之矣而軍亦有七日糧爾莊王怒曰吾使子視之子曷為而告之子反曰區區之宋猶有不欺之臣何以楚國而無乎吾是以告之也莊王曰雖然吾子今得此而歸爾子反曰王請處此臣請歸耳王曰子去我而歸吾孰與處乎此吾將從子而歸遂師而歸君子善其平己也華元以誠告子反得以解圍全二國之命詩云彼姝

與漆室女畧同

御四百六十九

者子何以告之君子善其以誠相告也

魯監門之女嬰相從績中夜而泣涕其偶曰何謂而泣也嬰曰吾聞衛世子不肖所以泣也其偶曰衛世子不肖諸侯之憂也子曷爲泣也嬰曰吾聞之異乎子之言也昔有宋之桓司馬得罪於宋君出於魯其馬佚而騣吾園而食吾園之葵是歲吾聞園人亡利之半越王勾踐起兵而攻吳諸侯畏其威魯往獻女吾姊與焉兄往視之道畏而死越兵威者吳也兄死者我也由是觀之禍與福相及也

今衛世子甚不肖好兵吾男弟三人能無憂乎詩曰大夫跋涉我心則憂是非類與乎

高子問於孟子曰夫嫁娶者非己所自親也衛女何以得編於詩也孟子曰有衛女之志則可無衛女之志則怠若伊尹於太甲有伊尹之志則可無伊尹之志則篡夫道二常之謂經變之謂權權懷其常道而挾其變權乃得爲賢夫衛女行中孝慮中聖權如之何詩曰既不我嘉不能旋反視我不臧我思不遠

沈 毛本顧

沈 毛不重

楚莊王聽朝罷晏樊姬下堂而迎之曰何罷之晏也得無饑倦乎莊王曰今日聽忠賢之言不知饑倦也樊姬曰王之所謂忠賢者諸侯之客歟中國之士歟莊王曰則沈令尹也樊姬掩口而笑王曰姬之所笑何也姬曰妾得於王尚湯沐執巾櫛振衽席十有一年矣然妾未嘗不遣人之梁鄭之間求美人而進之於王也與妾同列者十人賢於妾者二人妾豈不欲擅王之寵哉不敢私願蔽衆美欲王之多見則娛今沈令尹相楚數年矣未嘗見進

賢而退不肖也又焉得爲忠賢乎莊王旦朝以樊姬之言告沈令尹令尹避席而進孫叔敖叔敖治楚三年而楚國霸楚史援筆而書之於策曰楚之霸樊姬之力也詩曰百爾所思不如我所之樊姬之謂也

閔子騫始見於夫子有菜色後有芻豢之色子貢問曰子始有菜色今有芻豢之色何也閔子曰吾出蒹葭之中入夫子之門夫子內切磋以孝外爲之陳王法心竊樂之出見羽蓋龍旂旃裘相隨心又

荀子天論篇十一

黨古儻字

樂之二者相攻胸中而不能任是以有菜色也今被夫子之教寖深又賴二三子切磋而進之內明於去就之義出見羽蓋龍旂旃裘相隨視之如壇土矣是以有芻豢之色詩曰如切如磋如琢如磨

傳曰雩而雨者何也曰無何也猶不雩而雨也星墜木鳴國人皆恐何也是天地之變陰陽之化物之罕至者也怪之可也畏之非也夫日月之薄蝕怪星之晝見風雨之不時是無世而不嘗有也上明政平是雖並至無傷也上闇政險是雖無一無益

也夫萬物之有災人妖最可畏也曰何謂人妖曰枯耕傷稼枯耘傷歲政險失民田穢稼惡糴貴民饑道有死人寇賊並起上下乖離鄰人相暴對門相盜禮義不循牛馬相生六畜作妖臣下殺上父子相疑是謂人妖是生於亂傳曰天地之災隱而廢也萬物之怪書不說也無用之變不急之災棄而不治若夫君臣之義父子之親男女之別切瑳而不舍詩曰如切如瑳如琢如磨

孔子曰口欲味心欲佚教之以仁心欲兵身惡勞教

賸不見字書

說苑建本篇三

文選注五十七陶徵士誄注引草木根核未必橛也飄風與暴雨墜則橛必先矣

之以恭好辯論而畏懼教之以勇目好色耳好聲
教之以義易曰艮其限列其夤危薰心詩曰吁嗟
女兮無與士耽皆防邪禁佚調和心志
高牆豐上激下未必崩也降雨興流潦至則崩必先
矣草木根荄淺未必橛也飄風興暴雨墜則橛必
先矣君子居是邦也不崇仁義尊其賢臣以理萬
物未必亡也一旦有非常之變諸侯交爭人趨車
馳迫然禍至乃始愁憂乾喉焦唇仰天而嘆庶幾
乎望其安也不亦晚乎孔子曰不慎其前而悔其

沈　毛本賸又危作厲

沈　毛本無其字

沈　唐　毛本憂愁

後嗟乎雖悔無及矣詩曰掇其泣矣何嗟及矣

曾子曰君子有三言可貫而佩之一曰無內踈而外親二曰身不善而怨他人三曰患至而後呼天子貢曰何也曾子曰內踈而外親不亦反乎身不善而怨他人不亦遠乎患至而後呼天不亦晚乎詩曰惙其泣矣何嗟及矣

夫霜雪雨露殺生萬物者也天無事焉猶之貴天也執法厭文治官治民者有司也君無事焉猶之尊君也夫闢土殖穀者后稷也決江流河者禹也聽

惙

沈：通擬。毛本啜下同。詩攷惙

沈：通惙

疏
御四百一

流殺疏。

御覽四百一

獄執中者皋陶也然而聖后者堯也故有道以御之身雖無能也必使能者爲已用也無道以御之彼雖多能猶將無益於存亡矣詩曰執轡如組兩驂如舞貴能御也

傳曰孔子云美哉顏無父之御也馬知後有輿而輕之知上有人而愛之馬親其正而愛其事如使馬能言彼將必曰樂哉今日之騶也至於顏淪少衰矣馬知後有輿而輕之知上有人而敬之馬親其正而敬其事如使馬能言彼將必曰騶來其人之

新序五同
家語顔回篇
荀子哀公篇
莊子東野稷以御見莊公顔闔過之

使我也至於顔夷而衰矣馬知後有輿而重之知
上有人而畏之馬親其正而畏其事如馬能言彼
將必曰騶來騶來女不騶彼將殺女故御馬有法
矣御民有道矣法得則馬和而歡道得則民安而
集詩曰執轡如組兩驂如舞此之謂也

顔淵侍坐魯定公于臺東野畢御馬于臺下定公曰
善哉東野畢之御上也顔淵曰善則善矣其馬將
佚矣定公不說以告左右曰聞君子不譖人君子
亦譖人乎顔淵退俄而廄人以東野畢馬敗聞矣

沈 毛本有使字
沈 毛本于 序於
沈 毛本無上字 序無
沈 毛本佚

新序作蹴席此揭疑本作蹻與蹴同

新序作何以荀同家奚以

者疑是新序作是林是

新序御荀家銜沈

定公揭席而起曰趣駕召顏淵顏淵至定公曰鄉
寡人曰善哉東野畢之御也吾子曰善則善矣然
則馬將佚矣不識吾子何以知之顏淵曰臣以政
知之昔者舜工於使人造父工於使馬舜不窮其
民造父不極其馬是以舜無佚民造父無佚馬也
今東野畢之上車執轡銜體正矣周旋步驟朝禮
畢矣歷險致遠馬力殫矣然猶策之不已所以知
佚也定公曰善可少進顏淵曰獸窮則齧鳥窮則
喙人窮則詐自古及今窮其下能不危者未之有

毛本趣沈趣

毛本以何通同沈

毛無也字程本增沈

毛本啄沈

也詩曰執轡如組兩驂如舞善御之謂也定公曰寡人之過也

崔杼弒莊公合士大夫盟盟者皆脫劒而入言不疾指血至者死所殺者十餘人次及晏子奉杯血仰天而嘆曰惡乎崔杼將爲無道而殺其君於是盟者皆視足崔杼謂晏子曰子與我吾將與子分國子不與我殺子直兵將推之曲兵將鉤之吾願子之圖之也晏子曰吾聞留以利而倍其君非仁也劫以刃而失其志者非勇也詩曰莫莫葛藟延于

晏子雜上三
呂氏知分篇不甚同

新序義勇篇
晏子同
指不至血者死
晏子新序疊二字

視足是

新序留作回又其君下有者字
晏子亦作回無兩者字

沈 也毛本矣
新序也

沈 指毛本措
奉毛本捧

沈 毛本足作之
舊之

沈 毛本與吾聞
通同

沈 唐 崔曰作延
見詩攷

吕氏春秋知分篇

吕氏春秋高義篇作石渚 渚字舊本同 史記循吏傳作石奢 新序節士篇同

條枚愷悌君子求福不回嬰其可回矣直兵推之曲兵鉤之嬰不之革也崔杼曰舍晏子晏子起而出授綏而乘其僕馳晏子撫其手曰麋鹿在山林其命在庖廚命有所懸安在疾驅安行成節然後去之詩曰羔裘如濡恂直且侯彼己之子舍命不偷晏子之謂也

楚昭王有士曰石奢其爲人也公而好直王使爲理於是道有殺人者石奢追之則父也還返於廷曰殺人者臣之父也以父成政非孝也不行君法非

沈 毛本渝 詩攷偷

沈 毛本綏

忠也弛罪廢法而伏其辜臣之所守也遂伏斧鑕曰命在君君曰追而不及庸有罪乎子其治事矣石奢曰不然不私其父非孝也不行君法非忠也以死罪生不廉也君欲赦之上之惠也臣不能失法下之義也遂不去鈇鑕刎頸而死乎廷君子聞之曰貞夫法哉石先生乎孔子曰子爲父隱父爲子隱直在其中矣詩曰彼己之子邦之司直石先生之謂也

大戴禮六

外寬而內直自設於隱括之中直己不直人善廢而

文選注五十八引

初學記首行
「御覽四百二孔子之郯
遭程子於涂上方說苑文
說苑八
既曰束帛何十匹之有
初學御覽皆無此二
字家語致思篇亦無

御覽注中間請紹介也

不悒悒蘧伯玉之行也故爲人父者則願以爲子爲人子者則願以爲父爲人君者則願以爲臣爲人臣者則願以爲君名昭諸侯天下願爲詩曰彼己之子邦之彥兮此君子之行也

傳曰孔子遭齊程本子於郯之間傾蓋而語終日有間顧子路曰由束帛十匹以贈先生子路不對有間又顧曰束帛十匹以贈先生子路率爾而對曰昔者由也聞之於夫子士不中道相見女無媒而嫁者君子不行也孔子曰夫詩不云乎野有蔓草

詩攷青陽宛兮

零露漙兮有美一人淸揚婉兮邂逅相遇適我願兮且夫齊程本子天下之賢士也吾於是而不贈終身不之見也大德不踰閑小德出入可也

君子有主善之心而無勝人之色德足以君天下而無驕肆之容行足以及後世而不以一言非人之不善故曰君子盛德而卑虛己以受人旁行不流應物而不窮雖在下位民願戴之雖欲無尊得乎哉詩曰彼己之子美如英美如英殊異乎公行

君子易和而難狎也易懼而不可劫也畏患而不避

義死好利而不爲所非交親而不比言辯而不亂盪盪乎其義不可犬也嗛乎其廉不可劌也溫乎其仁厚之寛大也超乎其有以殊於世也詩曰美如玉美如玉殊異乎公族

商容嘗執羽籥馮於馬徒欲以伐紂而不能遂去伏於太行及武王克殷立爲天子欲以爲三公商容辭曰吾常馮於馬徒欲以伐紂而不能愚也不爭而隱無勇也愚且無勇不足以備乎三公遂固辭不受命君子聞之曰商容可謂內省而不誣能矣

君子哉去素餐遠矣詩曰彼君子兮不素餐兮商先生之謂也

晉文侯使李離爲大理過聽殺人自拘於廷請死於君君曰官有貴賤罰有輕重下吏有罪非子之罪也李離對曰臣居官爲長不與下吏讓位受爵爲多不與下吏分利今過聽殺人而下吏蒙其死非所聞也不受命君曰自以爲罪則寡人亦有罪矣李離曰法失則刑刑失則死君以臣爲能聽微決疑故使臣爲理今過聽殺人之罪罪當死君曰棄

新序七

爵史記祿新序同

御二百三十一　孫云漢景帝始有大理

曰程本胡本作下按曰當有子字下即子字之訛又脱去曰字耳

列女傳二

位委官伏法亡國非所望也趣出無憂寡人之心
李離對曰政亂國危君之憂也軍敗卒亂將之憂
也夫無能以事君闇行以臨官是無功以食祿也
臣不能以虛自誣遂伏劒而死君子聞之曰忠矣
乎詩曰彼君子兮不素餐兮李先生之謂也
楚狂接輿躬耕以食其妻之市未返楚王使使者齎
金百鎰造門曰大王使臣奉金百鎰願請先生治
淮列
河南接輿笑而不應使者遂不得辭而去妻從市
而來曰先生少而爲義豈將老而遺之哉門外車

亡疑忘

新序節士篇亦重適彼樂郊句

新序一鼓而牛飲者三千人 刺奢六

歌下有曰字

驕作蹻

軼何其深也接輿曰今者王使使者齎金百鎰欲
使我治河南其妻曰豈許之乎曰未也妻曰君使
不從非忠也從之是遺義也不如去之乃夫負釜
甑妻戴織器變易姓字莫知其所之論語曰色斯
舉矣翔而後集接輿之妻是也詩曰逝將去汝適
彼樂土適彼樂土爰得我所
昔者桀爲酒池糟隄縱靡靡之樂而牛飲者三千群
臣皆相持而歌江水沛兮舟楫敗兮我王廢兮趣
歸於亳亳亦大矣又曰樂兮樂兮四牡驕兮大轡

沈 毛本經

沈 毛本作次句樂土樂土下同

沈 毛本兮

兮善作而從善 大作天

盍新序啞

新序五

御覽八百四

沃兮去不善兮善何不樂兮伊尹知大命之將至
舉觴造桀曰君王不聽臣言大命至矣亡無日矣
桀拍然而抃盍然而笑曰子又妖言矣吾有天下
猶天之有日也日有亡乎日亡吾亦亡也於是伊
尹接履而趨遂適於湯湯以爲相可謂適彼樂土
爰得其所矣詩曰逝將去汝適彼樂土適彼樂土
爰得我所
伊尹去夏入殷田饒去魯適燕介子推去晉入山田
饒事魯哀公而不見察田饒謂哀公曰臣將去君

沈 林去下同

沈 柏舊本相

沈 盍毛本盍

黃鵠舉矣哀公曰何謂也曰君獨不見夫雞乎首戴冠者文也足傳距者武也敵在前敢鬭者勇也得食相告仁也守夜不失時信也雞有此五德君猶曰瀹而食之者何也則以其所從來者近也夫黃鵠一舉千里止君園池食君魚鱉啄君黍粱無此五者君猶貴之以其所從來者遠矣臣將去君黃鵠舉矣哀公曰止吾將書子言也田饒曰臣聞食其食者不毀其器陰其樹者不折其枝有臣不用何書其言遂去之燕燕立以爲相三年燕政太

呂氏察賢篇
説苑政理篇

平國無盜賊哀公喟然太息爲之辟寢三月減損
上服曰不慎其前而悔其後何可復得詩云逝將
去汝適彼樂國適彼樂國爰得我直

子賤治單父彈鳴琴身不下堂而單父治巫馬期以
星出以星入日夜不處以身親之而單父亦治巫
馬期問於子賤子賤曰我任人子任力任人者佚
任力者勞人謂子賤則君子矣佚四肢全耳目平
心氣而百官理任其數而已巫馬期則不然乎然
事情勞力教詔雖治猶未至也詩曰子有衣裳弗

說苑立節篇

曳弗婁子有車馬弗馳弗驅

子路曰士不能勤苦不能輕死亡不能恬貧窮而曰我行義吾不信也昔者申包胥立於秦廷七日七夜哭不絕聲是以存楚不能勤苦焉得行此比干且死而諫愈忠伯夷叔齊餓于首陽而志益彰不輕死亡焉能行此曾子褐衣緼緒未嘗完也糲米之食未嘗飽也義不合則辭上卿不恬貧窮焉能行此夫士欲立身行道無顧難易然後能行之欲行義徇名無顧利害然後能行之詩曰彼己之子

沈○毛本恬下同

沈毛本白

修身行說苑作修潔

闒讀如闒登之闒音墖

碩大且篤非良篤修身行之君子其孰能與之哉子路與巫馬期薪於韞丘之下陳之富人有處師氏者脂車百乘觴於韞丘之上子路與巫馬期曰使子無忘子之所知亦無進子之所能得此富終身無復見夫子子爲之乎巫馬期喟然仰天而嘆闒然投鎌於地曰吾嘗聞之夫子勇士不忘喪其元志士仁人不忘在溝壑子不知予與試予與意者其志與子路心慚故負薪先歸孔子曰由來何爲偕出而先返也子路曰向也由與巫馬期薪於韞

校 御四百七十二

與疑謂

丘之下陳之富人有處師氏者脂車百乘觴於韞丘之上由謂巫馬期曰使子無忘子之所知亦無進子之所能得此富終身無復見夫子子爲之乎巫馬期喟然仰天而嘆闟然投鎌於地曰吾嘗聞夫子勇士不忘喪其元志士仁人不忘在溝壑子不知予與試予與意者其志與由也心慚故先負薪歸孔子援琴而彈詩曰肅肅鴇羽集于苞栩王事靡盬不能蓺稷黍父母何怙悠悠蒼天曷其有所予道不行邪使汝願者

沈 通作姧

孔子曰士有五有埶尊貴者有家富厚者有資勇悍者有心智慧者有貌美好者有埶尊貴者不以愛民行義理而反以暴敖家富厚者不以振窮救不足而反以侈靡無度資勇悍者不以衛上攻戰而反以侵陵私鬭心智慧者不以端計數而反以事奸飾詐貌美好者不以統朝涖民而反以蠱女縱欲此五者所謂士失其美質者也詩曰温其如玉在其板屋亂我心曲

上之人所遇色爲先聲音次之事行爲後故望而宜

沈 毛本惠 下有字衍 孫俱以有字句非

沈 毛本振

沈 毛本從

尚書大傳四作子夏讀書畢 孫云下文云上有三王之道下有堯舜之義擬作讀書爲是
孔叢論書篇

爲人君者容也近而可信者色也發而中者言也文而可觀者行也故君子容色天下儀象而望之不假言而宜人爲人君者詩曰顏如渥赭其君也哉

子夏讀詩已畢夫子問曰爾亦可言於詩矣子夏對曰詩之於事也昭昭乎若日月之光明燎燎乎如星辰之錯行上有堯舜之道下有三王之義弟子不敢忘雖居蓬戶之中彈琴以詠先王之風有人亦樂之無人亦樂之亦可發憤忘食矣詩曰衡門

沈 毛本亇
沈 毛本文
沈 毛本不假言而知爲人君者
毛本丹 按王伯厚詩攷作赭
沈 毛本何大
非有先生論注引太傳作弟子

療當作𤻲非沈本樂

此自當作言詩不必從大傳

之下可以棲遲泌之洋洋可以療饑夫子造然變容曰嘻吾子始可以言詩已矣然子以見其表未見其裏顏淵曰其表已見其裏又何有哉孔子曰闚其門不入其中安知其奧藏之所在乎然藏又非難也丘嘗悉心盡志已入其中前有高岸後有深谷泠泠然如此既立而已矣不能見其裏蓋謂精微者也

傳曰國無道則飄風厲疾暴雨折木陰陽錯氣夏寒冬溫春熱秋榮日月無光星辰錯行民多疾病國

程本胡本泌作沁誤

蓋毛本沈本未

摽同拋　慰疑訛當用慾慫等字方合

多不祥群生不壽而五穀不登當成周之時陰陽
調寒暑平群生遂萬物寧故曰其風治其樂連其
驅馬舒其民依依其行遲遲其意好好詩曰匪風
發兮匪車揭兮顧瞻周道中心怛兮

夫治氣養心之術血氣剛强則務之以調和智慮潛
深則一之以易諒勇毅强果則輔之以道術齊給
便捷則安之以靜退卑攝貪利則抗之以高志容
衆好散則劫之以師友怠慢摽棄則慰之以禍災
愿婉端慤則合之以禮樂凡治氣養心之術莫徑

沈　毛本偈　詩攷揭引漢書

由禮莫優得師莫慎一好好一則摶摶則精精則神神則化是以君子務結心乎一也詩曰淑人君子其儀一兮其儀一兮心如結兮

玉不琢不成器人不學不成行家有千金之玉不知治猶之貧也良工宰之則富及子孫君子學之則爲國用故動則安百姓議則延民命詩曰淑人君子正是國人正是國人胡不萬年

嫁女之家三夜不息燭思相離也取婦之家三日不舉樂思嗣親也是故昏禮不賀人之序也三月而

廟見稱來婦也厥明見舅姑舅姑降於西階婦升
自阼階授之室也憂思三月不殺孝子之情
也故禮者因人情爲文詩曰親結其縭九十其儀
言多儀也

原天命治心術理好惡適情性而治道畢矣原天命
則不惑禍福不惑禍福則動靜修治心術則不妄
喜怒不妄喜怒則賞罰不阿理好惡則不貪無用
不貪無用則不害物性適情性則不過欲不過欲
則養性知足四者不求於外不假於人反諸己而

降 沈廾

三月毛本在不殺下

存矣夫人者說人者也形而爲人義動而爲法則

詩曰伐柯伐柯其則不遠

正月十八日閱早收　祖像整理書籍

庚戌二月廿七日校

韓詩外傳卷二終

癸酉 為成進士之翌歲 年三十七

庚子 年六十四 公於乙丑罷歙縣歸里 是年復在京

乙巳 年六十九 時主講鍾山書院

丙戌 年七十四 時主講常州龍城書院 乙卯年於常州年七十九

膻與羶同　型與鉶同　沈林多通同　依毛沈本書田是兩段　呂覽見亦以為湯之時見制樂篇六

韓詩外傳卷三

傳曰昔者舜甑盆無膻而下不以餘獲罪飯乎土簋啜乎土型而農不以力獲罪麑衣而盭領而女不以巧獲罪法下易由事寡易為功而民不以政獲罪故大道多容大德眾下聖人寡為故用物常壯也傳曰易簡而天下之理得矣忠易為禮誠易為辭賢人易為民工巧易為材詩曰政有夷之行子孫保之

有殷之時穀生湯之廷三日而大拱湯問伊尹曰穀

殷　下作庭　岐

沈毛本盬　疑盭與㿻通

岐之訛　毛本忠易為禮上亦有詩曰以下十一字　通同沈同

沈林爲通同

御覽八百七十三引祥者福之先見者也

卽林則

呂氏春秋制樂篇六 林夏 呂作歲 通夏沈同

物也對曰穀樹也湯問何謂而生於此伊尹曰穀
之出澤野物也今生天子之庭殆不吉也湯曰柰
何伊尹曰臣聞妖者禍之先祥者福之先見妖而
爲善則禍不至見祥而爲不善則福不臻湯乃齋
戒靜處夙興夜寐弔死問疾赦過賑窮七日而穀
亡妖孽不見國家其昌詩曰畏天之威于時保之
昔者周文王之時莅國八年歲六月文王寢疾五日
而地動東西南北不出國郊有司皆曰臣聞地之
動也人主也今者君王寢疾五日而地動四面不

沈 毛本爲

出國郊群臣皆恐請移之文王曰奈何其移之也對曰與事動衆以增國城其可移之乎文王曰不可夫天之道見妖是以罰有罪也我必有罪故此罰我也今又專興事動衆以增國城是重吾罪也不可以之昌也請改行重善移之其可以免乎於是遂謹其禮節秩皮革以交諸侯飾其辭令幣帛以禮俊士頒其爵列等級田疇以賞有功遂與群臣行此無幾何而疾止文王即位八年而地動之後四十三年凡莅國五十一年而終此文王之所

以賤妖也詩曰畏天之威于時保之

王者之論德也而不尊無功不官無德不誅無罪朝無幸位民無幸生故上賢使能而等級不踰折暴禁悍而刑罰不過百姓曉然皆知夫爲善於家取賞於朝也爲不善於幽而蒙刑於顯夫是之謂定論是王者之德詩曰明昭有周式序在位

傳曰以從俗爲善以貨財爲寶以養性爲已至道是民德也未及於士也行法而志堅不以私欲害其所聞是勁士也未及於君子也行法而志堅好修

其所聞以矯其情言行多當未安諭也知慮多當未周密也上則能大其所隆也下則開道若不已者是篤厚君子未及聖人也若夫有王之法若別黑白應當世變若數三綱行禮要節若性四支因化之功若推四時天下得序群物安居是聖人也詩曰明明昭有周式序在位

魏文侯欲置相召李克問曰寡人欲置相非翟璜則魏成子願卜之於先生李克避席而辭曰臣聞之卑不謀尊疏不間親臣外居者也不敢當命文侯

曰先生臨事勿讓李克曰夫觀士也居則視其所親富則視其所與達則視其所舉窮則視其所不爲貧則視其所不取此五者足以觀矣文侯曰請先生就舍寡人之相定矣李克出遇翟黃曰今日聞君召先生而卜相果誰爲之李克曰魏成子爲之翟黃悖然作色曰吾何負於魏成子西河之守吾所進也君以鄴爲憂吾進西門豹君欲伐中山吾進樂羊中山既拔無守之吾進先生君欲置太子傅吾進趙蒼皆有成功就事吾何負於魏成子

說苑什九居外一居中一居中　此當補四字

克曰子之言克於子之君也豈比周以求大官哉君問置相非成則璜二子何如臣對曰君不察故也居則視其所親富則視其所與達則視其所舉窮則視其所不爲貧則視其所不取五者以定矣何待克哉是以知魏成子爲相也且子焉得與魏成子比魏成子食祿日千鍾什一在內以聘約天下之士是以得卜子夏田子方段干木此三人君皆師友之子之所進皆臣之子焉得與魏成子比乎翟璜逡巡再拜曰鄙人固陋失對於夫子詩曰

什九在外

明昭有周式序在位

成侯嗣公聚斂計數之君也未及取民也子產取民者也未及爲政也管仲爲政者也未及修禮故修禮者王爲政者强取民者安聚斂者亡故聚斂以招穀積財以肥敵危身亡國之道也明君不蹈也將修禮以齊朝王法以齊官平王以齊政然後節奏于朝法則度量正乎官忠信愛刑刑于下如是百姓愛之如父母畏之如神明是以德澤洋乎海内福祉歸乎王公詩曰降福簡簡威儀反反既醉

荀王制篇五

沈林正通同

政者 沈毛無者字

沈林本平政以齊下通同

毛本有齊字 毛本平又兩乎字作于通俱同沈同

左哀六年是楚昭王 家語正論解 說苑君道同
當作之制 說作寡人制土
得與德同
御覽七百三十八

既飽福祿來反

楚莊王寢疾卜之曰河爲祟大夫曰請用牲莊王曰止古者聖王之祭不過望濉漳江漢楚之望也寡人雖不得河非所獲罪也遂不祭三日而疾有瘳孔子聞之曰楚莊王之霸其有方矣制節守職反身不貳其霸不亦宜乎詩曰嗟嗟保介莊王之謂也

人主之疾十有二發非有賢醫莫能治也何謂十二發痿蹶逆脹滿支膈肓煩喘痺風此之曰十二發

林本制
沈 毛本德

賢醫治之何曰省事輕刑則瘻不作。無使小民饑寒則蹶不作。無令財貨上流則逆不作。無令倉廩積腐則脹不作。無使府庫充實則滿不作。無使群臣縱恣則支不作。無使下情不上通則膈不作。上材恤下則盲不作。法令奉行則煩不作。無使下怨則喘不作。無使賢伏匿則痺不作。無使百姓歌吟誹謗則風不作。夫重臣群下者人主之心腹支體也心腹支體無疾則人主無疾矣故非有賢醫莫能治也人皆有此十二疾而不用賢醫則國非其

國也詩曰多將熇熇不可救藥終亦必亡而已矣
故賢醫用則衆庶無疾況人主乎
傳曰太平之時無瘖癃跛眇尫蹇侏儒折短父不哭子兄不哭弟道無襁負之遺育然各以其序終者賢醫之用也故安止平正除疾之道無他焉用賢而已矣詩曰有瞽有瞽在周之庭紂之餘民也
傳曰喪祭之禮廢則臣子之恩薄臣子之恩薄則背死亡生者衆小雅曰子子孫孫勿替引之
人事倫則順于鬼神順于鬼神則降福孔偕詩曰以

享以配以介景福

武王伐紂到于邢丘楯折爲三天雨三日不休武王心懼召太公而問曰意者紂未可伐乎太公對曰不然折爲三者軍當分爲三也天雨三日不休欲灑吾兵也武王曰然何若矣太公曰愛其人及屋上烏惡其有人者憎其骨餘咸劉厥敵靡使有餘武王曰於戲天下未定也周公趨而進曰不然使各度其宅而佃其田無獲舊新百姓有過在予一人武王曰於戲天下已定矣乃修武勒兵於寧更

名邪丘曰懷寧曰修武行克紂于牧之野詩曰牧野洋洋檀車皇皇駟騵彭彭維師尚父時維鷹揚涼彼武王肆伐大商會朝清明既反商及下車封黄帝之後於薊封帝堯之後於祝封舜之後於陳下車而封夏后氏之後於杞封殷之後於宋封比干之墓釋箕子之囚表商容之閭濟河而西馬放華山之陽示不復乘牛放桃林之野示不復服也車甲衅而藏之於府庫示不復用也於是廢軍而郊射左射貍首右射騶虞然後天下知武王不復

耕藉然後諸侯知所以敬 記 下云四者則此句脫耳

當作無往教脫無字 沈林和通同 君也二字衍

用兵也祀乎明堂而民知孝朝覲然後諸侯知以
敬坐三老於大學天子執醬而饋執爵而酳所以
教諸侯之悌也此四者天下之大教也夫武之久
不亦宜乎詩曰勝殷遏劉耆定爾功信伐紂而殷
亡武乎
孟嘗君請學於閔子使車往迎閔子閔子曰禮有來
學往教致師而學不能禮往教則不能化君也君
所謂不能學者也臣所謂不能化者也於是孟嘗
君曰敬聞命矣明日袪衣請受業詩曰日就月將

所記 臣記 食記 五更記

沈毛本祀 沈毛本言 沈毛本也 沈毛本學通同

劒雖利不厲不斷材雖美不學不高雖有旨酒嘉殽不嘗不知其旨雖有善道不學不達其功故學然後知不足教然後知不究不足故自壞而勉不究故盡師而熟由此觀之則教學相長也子夏問詩學一而知二孔子曰起予者商也始可與言詩已矣孔子賢乎英傑而聖德備弟子被光景而德彰詩曰日就月將

凡學之道嚴師爲難師嚴然後道尊道尊然後民知敬學故太學之禮雖詔於天子無北面尊師尚道

沈毛本以

沈毛本愧

左莊十一年

說苑孔子作君子下同此非弟子曰作聞曰

也故不言而信不怒而威師之謂也詩曰日就月
將學有緝熙于光明
傳曰宋大水魯人弔之曰天降淫雨害於粢盛延及
君地以憂執政使臣敬弔宋人應之曰寡人不仁
齋戒不修使民不時天加以災又遺君憂拜命之
辱孔子（臧文仲）聞之曰宋國其庶幾矣弟子曰何謂孔子
曰昔桀紂不任其過其亡也忽焉成湯文王知任
其過其興也勃焉過而改之是不過也宋人聞之
乃夙興夜寐弔死問疾戮力宇內三歲年豐政平

聖主得賢臣頌注引亦作爲士之欲造見者
說苑八
苑作臣非以九九爲足以見也

鄉使宋人不聞孔子之言則年穀未豐而國家未寧詩曰弗時仔肩示我顯德行

齊桓公設庭燎爲使人欲造見者期年而士不至於是東野有以九九見者桓公使戲之曰九九足以見乎鄙人曰臣聞君設庭燎以待士期年而士不至夫士之所以不至者君天下之賢君也四方之士皆自以不及君故不至也夫九九薄能耳而君猶禮之況賢於九九者乎夫太山不讓礫石江海不辭小流所以成其大也詩曰先民有言詢于芻

堯博謀也桓公曰善乃圖禮之期月四方之士相導而至矣詩曰自堂徂基自羊來牛以小成大太平之時民行役者不踰時男女不失時以偶孝子不失時以養外無曠夫內無怨女上無不慈之父下無不孝之子父子相成夫婦相保天下和平國家安寧人事備乎下天道應乎上故天不變經地不易形日月昭明列宿有常天施地化陰陽和合動以雷電潤以風雨節以山川均以寒暑萬民欲生各得其所而制國用故國有所安地有所主聖

人刳木爲舟剡木爲檝以通四方之物使澤人足乎水山人足乎魚餘衍之財有所流故豐膏不獨樂磽确不獨苦雖遭凶年饑歲禹湯之水旱而民無凍餓之色故生不乏用死不轉壑夫是之謂樂詩曰於鑠王師遵養時晦

能治天下必能養其民也能養民者爲自養也飲食適乎藏滋味適乎氣勞佚適乎筋骨寒煖適乎肌膚然後氣藏平心術治思慮得喜怒起居而遊樂事時而用足夫是之謂能自養者也故聖人不淫

佚侈靡者非鄙夫色而愛財用也養有適過則不樂故不爲也是以冬不數浴非愛水也夏不頻湯非愛火也不高臺榭非無土木也不大鍾鼎非無金錫也不沈於酒不貪於色非辟醜也直行情性之所安而制度可以爲天下法矣故用不靡財足以養其生而天下稱其仁也養不害性足以成教而天下稱其義也適情辟餘不求非其有而天下稱其廉也行成不可掩息刑不可犯執一道而輕萬物天下稱其勇也四行在乎民居則婉愉慈則

韓非外儲說右下作公孫儀史記公儀休

勝敵故審其所以養而治道具矣治道具而遠近畜矣詩曰於鑠王師遵養時晦言相養者之至於晦也

公儀休相魯而嗜魚一國人獻魚而不受其弟諫曰嗜魚不受何也曰夫欲嗜魚故不受也受魚而免於相則不能自給魚無受而不免於相長自給於魚此明於魚爲己者也故老子曰後其身而身先外其身而身存非以其無私乎故能成其私詩曰思無邪此之謂也

荀子宥坐篇 子 說苑政理篇 家語始誅篇 一不甚同

荀子宥坐篇作邪民不從 家同

傳曰魯有父子訟者康子欲殺之孔子曰未可殺之夫民父子訟之爲不義久矣是則上失其道上有道是人亡矣訟者聞之請無訟康子曰治民以孝殺一不義以僇不孝不亦可乎孔子曰否不教而聽其獄殺不辜也三軍大敗不可誅也獄讞不治不可刑也上陳之教而先服之則百姓從風矣邪行不從然後俟之以刑則民知罪矣夫一仞之墻民不能踰百仞之山童子登遊焉陵遲故也今其仁義之陵遲久矣能謂民無踰乎詩曰俾民不迷

昔之君子道其百姓不使迷是以威厲而刑措不用也故刑其仁義謹其教道使民目晰焉而見之使民耳晰焉而聞之使民心晰焉而知之則道不迷而民志不惑矣詩曰示我顯德行故道義不易民不由也禮樂不明民不見也詩曰周道如砥其直如矢言其易也君子所履小人所視言其明也睠言顧之潸焉出涕哀其不聞禮教而就刑誅也

夫散其本教而待之刑辟猶決其牢而發以毒矢也亦不哀乎故曰未可殺也昔者先王使民以禮譬

之如御也刑者鞭策也今猶無轡銜而鞭策以御也欲馬之進則策其後欲馬之退則策其前御者以勞而馬亦多傷矣今猶此也上憂勞而民多罹刑詩曰人而無禮胡不遄死爲上無禮則不免乎患爲下無禮則不免乎刑上下無禮胡不遄死康子避席再拜曰僕雖不敏請承此語矣孔子退朝門人子路難曰父子訟道邪孔子曰非也子路曰然則夫子胡爲君子而免之也孔子曰不戒責成害也慢令致期暴也不教而誅賊也君子爲政避

此三者且詩曰載色載笑匪怒伊教

當舜之時有苗不服其不服者衡山在南岐山在北左洞庭之陂右彭澤之水由此險也以其不服禹請伐之而舜不許曰吾喻教猶未竭也久喻教而有苗民請服天下聞之皆薄禹之義而美舜之德詩曰載色載笑匪怒伊教舜之謂也問曰然則禹之德不及舜乎曰非然也禹之所以請伐者欲彰舜之德也故善則稱君過則稱己臣下之義也假使禹爲君舜爲臣亦如此而已矣夫禹可謂達乎

爲人臣之大體也

季孫子之治魯也衆殺人而必當其罪多罰人而必當其過子貢曰暴哉治乎季孫聞之曰吾殺人必當其罪罰人必當其過先生以爲暴何也子貢曰夫奚不若子產之治鄭一年而負罰之過省二年而刑殺之罪亡三年而庫無拘人故民歸之如水就下愛之如孝子敬父母子產病將死國人皆吁嗟曰誰可使代子產死者乎及其不免死也士大夫哭之於朝商賈哭之於市農夫哭之於野哭子

毛本誤連

說苑雜言篇

產者皆如喪父母今竊聞夫子疾之時則國人喜活則國人皆駭以死相賀以生相恐非暴而何哉賜聞之託法而治謂之暴不戒致期謂之虐不教而誅謂之賊以身勝人謂之責責者失身賊者失臣虐者失政暴者失民且賜聞居上位行此四者而不亡者未之有也於是季孫稽首謝曰謹聞命矣詩曰載色載笑匪怒伊教

問者曰夫智者何以樂於水也曰夫水者緣理而行不遺小閒似有智者動而下之似有禮者蹈深不

春秋繁露作鄣防山而能清淨

御覽廿八引云材用生焉寶藏植焉飛禽萃焉走獸伏焉育群物而不倦有似乎仁人志士是仁者所以樂山也

林從通同訛

疑似有勇者漳汸而清似知命者歷險致遠卒成不毀似有德者天地以成群物以生國家以寧萬事以平品物以正此智者所以樂於水也詩曰思樂泮水薄采其茆魯侯戾止在泮飲酒樂水之謂也

障防御說藝文通說

藝御俱无此四字　毛本防

問者曰夫仁者何以樂於山也曰夫山者萬民之所瞻仰也草木生焉萬物植焉飛鳥集焉走獸休焉四方益取與焉出雲道風從乎天地之間天地以成國家以寧此仁者所以樂於山也詩曰太山巖

說苑復恩篇六
呂氏當賞篇二十四

巖魯邦所瞻樂山之謂也

傳曰晉文公嘗出亡反國三行賞而不及陶叔狐陶叔狐謂咎犯曰吾從而亡十有一年顏色黯黑手足胼胝今反國三行賞而我不與焉君其忘我乎其有大過乎子試爲我言之咎犯言之文公曰噫我豈忘是子哉高明至賢志行全成湛我以道說我以仁變化我行昭明我使我爲成人者吾以爲上賞恭我以禮防我以義藩援我使我不爲非者吾以爲次勇猛强武氣勢自御難在前則處前難

詩攷作禮

在後則處後免我危難之中者吾以爲次然勞苦之士次之詩曰率履不越遂視既發今不内自訟過不悅百姓將何錫之哉

夫詐人者曰古今異情其所以治亂異道而衆人皆愚而無知陋而無度者也於其所見猶可欺也況乎千歲之後乎彼詐人者門庭之閒猶挾欺而況乎千歲之上乎然則聖人何以不可欺也曰聖人以己度人者也以心度心以情度情以類度類古今一也類不悖雖久同理故性緣理而不迷也夫

詩攷躋

五帝之前無傳人非無賢人久故也五帝之中無傳政非無善政久故也虞夏有傳政不如殷周之察也非無善政久故也夫傳者久則愈略近則愈詳略則舉大詳則舉細故愚者聞其大不知其細聞其細不知其大是以久而差三王五帝政之至也詩曰帝命不違至于湯躋言古今一也

舜生於諸馮遷於負夏卒於鳴條東夷之人也文王生於岐周卒於畢郢西夷之人也地之相去也千有餘里世之相後也千有餘歲然得志行乎中國

詩攷云外傳作湯躋非是

家語三恕篇荀子宥坐篇俱作魯桓公淮南道應訓之廟

荀宥坐篇作坐家同

説苑敬慎篇作挹、荀子同、御覽四百五十八引家語作挹、大平御覽此同　以下三俱不同　御亦不同

若合符節孔子曰先聖後聖其揆一也詩曰帝命不違至於湯齊

孔子觀於周廟有欹器焉孔子問於守廟者曰此謂何器也對曰此蓋爲宥座之器孔子曰聞宥座器滿則覆虛則欹中則正有之乎對曰然孔子使子路取水試之滿則覆中則正虛則欹孔子喟然而嘆曰嗚呼惡有滿而不覆者哉子路曰敢問持滿有道乎孔子曰持滿之道抑而損之子路曰損之有道乎孔子曰德行寬裕者守之以恭土地廣大

毛本爲杖下亦作抑

御覽四百七十四

大傳二不同

「下當別爲一條
說苑敬慎篇

者守之以儉祿位尊盛者守之以卑人衆兵强者守之以畏聰明睿智者守之以愚博聞强記者守之以淺夫是之謂抑而損之詩曰湯降不遲聖敬日躋

周公踐天子之位七年布衣之士所贄而師者十人所友見者十二人窮巷白屋先見者四十九人時進善百人教士千人宮朝者萬人成王封伯禽於魯周公誡之曰往矣子無以魯國驕士吾文王之子武王之弟成王之叔父也又相天下吾於天下

荀子周公下士無吐哺握髮語惟說苑有之史記本傳作捉髮吐哺

亦不輕矣然一沐三握髮一飯三吐哺猶恐失天下之士吾聞德行寬裕守之以恭者榮土地廣大守之以儉者安祿位尊盛守之以卑者貴人衆兵强守之以畏者勝聰明睿智守之以愚者善博聞强記守之以淺者智夫此六者皆謙德也夫貴爲天子富有四海由此德也不謙而失天下亡其身者桀紂是也可不愼歟故易有一道大足以守天下中足以守其國家近足以守其身謙之謂也夫天道虧盈而益謙地道變盈而流謙鬼神害盈而

十七

說苑雜言篇作襜

襜家語作裾裾 三恕篇

荀子子道篇作裾裾

說苑江水出於岷山

不作大

苑作甚

沈林揖通同

苑蓋自如也

家蓋自若也

福謙人道惡盈而好謙是以衣成則必缺袵宮成
則必缺隅屋成則必加拙示不成者天道然也易
曰謙亨君子有終吉詩曰湯降不遲聖敬日躋誠
之哉其無以魯國驕士也

傳曰子路盛服以見孔子孔子曰由疏疏者何也昔
者江於濆其始出也不足以濫觴及其至乎江之
津也不方舟不避風不可渡也非其衆川之多歟
今汝衣服其盛顏色充滿天下有誰加汝哉子路
趨出改服而入蓋攝如也孔子曰由志之吾語汝

毛揖如

荀子周公下士無吐哺握髮語惟說苑有之史記本傳作捉髮吐哺

亦不輕矣然一沐三握髮一飯三吐哺猶恐失天下之士吾聞德行寬裕守之以恭者榮土地廣大守之以儉者安祿位尊盛守之以卑者貴人衆兵强守之以畏者勝聰明睿智守之以愚者善博聞（益苑）强記守之以淺者智（廣御）夫此六者皆謙德也夫貴爲天子富有四海由此德也不謙而失天下亡其身者桀紂是也可不慎歟故易有一道大足以守天下中足以守其國家近足以守其身謙之謂也（小御）夫天道虧盈而益謙地道變盈而流謙鬼神害盈而

知者知其所知乃爲知矣

後漢八十上杜篤傳注上引外傳

說苑雜言篇作襜 十七

襜家語倨倨 三恕篇

荀子子道篇作裾裾

說苑江水出於岷山

不作大

苑作甚

說林揖通同

苑蓋自如也

家蓋自若也

福謙。人道惡盈而好謙。是以衣成則必缺袵宮成則必缺隅屋成則必加拙示不成者天道然也易十有終吉詩曰湯降不遲聖敬日躋誠以暴國驕士也

傳曰子路盛服以見孔子孔子曰由疏疏者何也昔者江於濆其始出也不足以濫觴及其至乎江之津也不方舟不避風不可渡也非其衆川之多歟今汝衣服其盛顏色充滿天下有誰加汝哉子路趨出改服而入蓋攝如也孔子曰由志之吾語汝

甚

濆

猶若

毛揖如

韓詩外傳　卷三　十八

說苑貞不言者華也此諱亦當作華

荀子不苟篇二

韓詩外傳　卷三

夫慎於言者不譁慎於行者不伐色知而有長者小人也故君子知之爲知之不知爲不知言之要也能之爲能之不能爲不能行之要也言要則知行要則仁既知且仁又何加哉詩曰湯降不遲聖敬日躋

君子行不貴苟難說不貴苟察名不貴苟傳惟其當之爲貴夫負石而赴河行之難爲者也而申徒狄能之君子不貴者非禮義之中也山淵平天地比齊秦襲入乎耳出乎口鉤有鬚卵有毛此說之難

持者也而鄧析惠施能之君子不貴者非禮義之中也盜跖吟口名聲若日月與舜禹俱傳而不息君子不貴者非禮義之中也故君子行不貴苟難說不貴苟察名不貴苟傳維其當之爲貴詩曰不競不絿不剛不柔言當之爲貴也

伯夷叔齊目不視惡色耳不聽惡聲非其君不事非其民不使橫政之所出橫民之所止弗忍居也思與鄉人居若朝衣朝冠坐于塗炭也故聞伯夷之風者貪夫廉懦夫有立志至柳下惠則不然不羞

末六字毛無

汚君不辭小官進不隱賢必由其道阨窮而不憫遺佚而不怨與鄉人居愉愉然不去也雖袒裼裸裎於我側彼安能浼我哉故聞柳下惠之風鄙夫寬薄夫厚至乎孔子去魯遲遲乎其行也可以去而去可以止而止去父母國之道也伯夷聖人之清者也柳下惠聖人之和者也孔子聖人之中者也詩曰不競不絿不剛不柔中庸和通之謂也

王者之等賦正事田野什一關市譏而不征山林澤梁以時入而不禁相地而正壤理道而致貢萬物

荀子議兵篇十

荀子此下有觀敵之變動五字有此則下二句更明亮

群來無有流滯以相通移近者不隱其能遠者不疾其勞雖幽閒僻陋之國莫不趨使而安樂之夫是之謂王者之等賦正事詩曰敷政優優百祿是遒

孫卿與臨武君議兵於趙孝成王之前王曰敢問兵之要臨武君曰夫兵之要上得天時下得地利後之發先之至此兵之要也孫卿曰不然夫兵之要在附親士民而已六馬不和造父不能以致遠弓矢不調羿不能以中微士民不親附湯武不能以

突然荀子作滑然
滑音骨

戰勝由此觀之要在於附親士民而已矣臨武君曰不然夫兵之用變故也其所貴謀詐也善用之者猶脫兔莫知其出孫吳用之無敵於天下由此觀之豈待親士民而後可哉孫卿曰不然子之所道者諸侯之兵謀臣之事也臣之所道者仁人之兵聖王之事也彼可詐者必怠慢者也君臣上下之際突然有離德者也夫以跖而詐桀猶有工拙焉以桀而詐堯如以指撓沸以卵投石抱羽毛而赴烈火入則焦也夫何可詐也且夫暴國將孰與

荀子作載發又曷作遏新序作曷與此同

荀子作彼必將來告之夫又何可詐也

至哉彼其與至者必欺其民民之親我也芬若椒蘭歡如父子彼顧其上如憯毒蜂蠆之人雖桀跖豈肯爲其所至惡賊其所至愛哉是猶使人之子孫自賊其父母也彼則先覺其失何可詐哉且仁人之兵聚則成卒散則成列延居則若莫邪之長刃嬰之者斷鋭居則若莫邪之利鋒當之者潰圓居則若丘山之不可移也方居則若磐石之不可拔也觸之摧角折節而退爾夫何可詐也詩曰武王載旆有虔秉鉞如火烈烈則莫我敢曷此謂湯

發　沈

詩攷載發　詩攷不載曷字

武之兵也孝成王避席仰首曰寡人雖不敏請依先生之兵也

受命之士正衣冠而立儼然人望而信之其次聞其言而信之其次見其行而信之旣見其行而衆皆不信斯下矣詩曰愼爾言矣謂爾不信

昔者不出戶而知天下不窺牖而見天道非目能視乎千里之前非耳能聞乎千里之外以己之情量之也己惡饑寒焉則知天下之欲衣食也己惡勞苦焉則知天下之欲安佚也己惡衰乏焉則知天

下之欲富足也知此三者聖王之所以不降席而匡天下故君子之道忠恕而已矣夫處飢渴苦血氣困寒暑動肌膚此四者民之大害也害不除未可教御也四體不掩則鮮仁人五藏空虛則無立士故先王之法天子親耕后妃親蠶先天下憂衣與食也詩曰父母何嘗心之憂矣之子無裳

正月十九日閲　乙巳十月八日　庚戌二月二十日

韓詩外傳卷三終

韓詩外傳　卷三　十[illegible]

七月初十日

江鄰幾雜志紂作炮烙之刑陳和叔云韓詩作烙漢書作格

韓詩外傳卷四

紂作炮烙之刑。王子比干曰：主暴不諫，非忠也；畏死不言，非勇也。見過即諫，不用即死，忠之至也。遂諫三日不去朝，紂囚殺之。詩曰：昊天大憮，予慎無辜。

桀爲酒池，可以運舟，糟丘足以望十里，而牛飲者三千人。關龍逢進諫曰：古之人君，身行禮義，愛民節財，故國安而身壽。今君用財若無窮，殺人若恐弗勝，君若弗革，天殃必降，而誅必至矣。君其革之。立而不及朝，桀囚而殺之。君子聞之曰：天之命矣。詩

沈毛本去

曰昊天大憮予慎無辜

有大忠者有次忠者有下忠者有國賊者以道覆君而化之。是謂大忠也。以德調君而輔之。是謂次忠也。以諫非而怨之。是謂下忠也。不恤乎公道之達義偷合苟同以持祿養者。是謂國賊也。若周公之於成王可謂大忠也。管仲之於桓公。可謂次忠也。子胥之於夫差。可謂下忠也。曹觸龍之於紂。可謂國賊也。皆人臣之所爲也。吉凶賢不肖之效也。詩曰匪其止恭惟王之邛

哀公問取人孔子曰無取健無取佞無取口讒健驕也佞諂也讒誕也故弓調然後求勁焉馬服然後求良焉士信慤而後求知焉士不信焉又多知譬之豺與其難以身近也周書曰爲虎傅翼也不亦殆乎詩曰匪其止恭惟王之邛言其不恭其職事而病其主也

齊桓公獨與管仲謀伐莒而國人知之桓公謂管仲曰寡人獨爲仲父言而國人知之何也管仲曰意若國中有聖人乎今東郭牙安在桓公顧曰在此

管仲曰子有言乎東郭牙曰然管仲曰子何以知之曰臣聞君子有三色是以知之管仲曰何謂三色曰歡忻衆說鐘鼓之色也愁悴哀樂衰絰之色也猛厲充實兵革之色也是以知之管仲曰何以知其莒也對曰君東面而指口張而不掩舌舉而不下是以知其莒也桓公曰善東郭先生曰目者心之符也言之者行之指也夫知者之於人也未嘗求知而後能之也觀容貌察氣志定取舍而人情畢矣詩曰他人有心予忖度之

今有堅甲利兵。不足以施敵破虜。弓良矢調。不足射遠中微。與無兵等爾。有民不足強甲嚴敵。與無民等爾。故盤石千里不爲有地。愚民百萬不爲有民。詩曰。維南有箕。不可以簸揚。維北有斗。不可以挹酒漿。

傳曰。舜彈五弦之琴。以歌南風。而天下治。周平公酒不離於前。鐘石不解於懸。而宇內亦治。匹夫百畝一室。不遑啓處。無所移之也。夫以一人而兼聽天下。其日有餘而下治。是使人爲之也。夫擅使人之

平公疑即文公

沈 毛本用。

沈 毛本盤。

沈 毛本日。

廉而求不能制衆天下即在位者非其人也。詩曰
維南有箕不可以簸揚維北有斗不可以挹酒漿
言有位無其事也
仍作請注靜字於下如何
齊桓公伐山戎其道過燕燕君送之出境桓公問管
仲曰諸侯相送固出境乎。管仲曰非天子不出境
桓公曰然畏而失禮也。寡人不可使燕失禮乃割
燕君所至之地以與之。諸侯聞之皆朝於齊詩曰
靖恭爾位好是正直神之聽之介爾景福
韶用干戚非至樂也。舜兼二女非達禮也。封黃帝之

毛本權。無求字。天作於。即作則。沈閱
毛本靜。下同。詩放靜。沈

子十九人非法義也往田號泣非盡命也以人觀之則是也以法量之則未也禮曰禮儀三百威儀三千詩曰靖恭爾位正直是與神之聽之式穀以女

禮者治辯之極也强國之本也威行之道也功名之統也王公由之所以一天下也不由之所以隕社稷也是故堅甲利兵不足以爲武高城深池不足以爲固嚴令煩刑不足以爲威由其道則行不由其道則廢若楚人鮫革犀兕以爲甲堅如金石宛

如鉅虵慘若蜂蠆輕利剛疾卒如飄風然兵殆於垂沙唐子死莊蹻起楚方爲二四者此皆無堅甲利兵也哉所以統之非其道故也汝淮以爲險江漢以爲池緣之以方城限之以鄧林然秦師至於鄢郢舉若振槁然是豈無固塞限險也哉其所以統之者非其道故也紂殺比干而囚箕子爲炮烙之刑殺戮無時羣下愁怨皆莫冀其命然周師至令不行乎左右而豈其無嚴令繁刑也哉其所以統之者非其故也若夫明道而均分之誠愛而時

史記由其道 荀

詩改義

荀君道篇人

使之即下之應上如影響矣有不由命然後俟之以刑刑一人而天下服下不非其上知罪在己也是以刑罰競消而威行如流者無他由是道故也詩曰自東自西自南自北無思不服如是則近者歌謳之遠者赴趨之幽閒僻陋之國莫不趨使而安樂之若赤子之歸慈母者何也仁刑義立教誠愛深禮樂交通故也詩曰禮儀卒度笑語卒獲君子者以禮分施均徧而不偏臣以禮事君忠順而不解父寬惠而有禮子敬愛而致恭兄慈愛而見

毛本則

毛本赴

儀疑義下同 此下作義

毛本人

友弟敬詘而不竭夫臨照而有別妻柔順而聽從若夫行之而不中道即恐懼而自竦此婦道也偏立即亂具立即治請問兼能之奈何曰審理昔者先王審理以惠天下故德及天地動無不當夫君子恭而不難敬而不鞏貧窮而不約富貴而不驕應變而不窮審之禮也故君子於禮也敬而安之其於事也經而不失其於人也寬裕寡怨而弗阿其於儀也修飾而不危其應變也齊給便捷而不累其於百官伎藝之人也不與爭能而致用其功

其於天地萬物也不說其所然謹財其盛其待上也忠順而不解其使下也均遍而不偏其於交遊也緣類而有義其於鄉曲也容而不亂是故窮則有名通則有功仁義兼覆天下而不窮明通天地理萬變而不疑血氣平和志意廣大行義塞天地仁知之極也夫是謂先王審之禮也若是則老者安之少者懷之朋友信之如赤子之歸慈母也曰仁刑義立教成愛深禮樂交通故也詩曰禮義卒度笑語卒獲

曰晏子雜上

詩攷作義

沈林方里爲一井　通同

晏子聘魯上堂則趨授玉則跪子貢怪之問孔子曰晏子知禮乎今者晏子來聘魯上堂則趨授玉則跪何也孔子曰其有方矣待其見我我將問焉俄而晏子至孔子問之晏子對曰夫上堂之禮君行一臣行二今君行疾臣敢不趨乎今君之授幣也卑臣敢不跪乎孔子曰善禮中又有禮賜寡使也何足以識禮也詩曰禮儀卒度笑語卒獲晏子之謂也

古者八家而井田方里而爲井廣三百步長三百步

一里其田九百畝廣一步長百步爲一畝廣百步長百步爲百畝八家爲鄰家得百畝餘夫各得二十五畝家爲公田十畝餘二十畝共爲廬舍各得二畝半八家相保出入更守疾病相憂患難相救有無相貸飲食相召嫁娶相謀漁獵分得仁恩施行是以其民和親而相好詩曰中田有廬疆場有瓜今或不然今民相伍有罪相伺有刑相舉使搆造怨仇而民相殘傷和睦之心賊仁恩害士化所和者寡欲敗者多於仁道泯焉詩曰其何能淑載胥

荀君道篇八

及溺、

天子不言多少。諸侯不言利害。大夫不言得喪。士不

言通財貨不爲賈道。故駟馬之家不時雞豚之息

伐冰之家不圖牛羊之入千乘之君不通貨財家

卿不修幣施大夫不爲場圃委積之臣不貪市井

之利是以貧窮有所歡而孤寡有所措其手足也

詩曰彼有遺秉、此有滯穗、伊寡婦之利、

人主欲得善射及遠中微、則懸貴爵重賞以招致之

內不阿子弟、外不隱遠人、能中是者取之是豈不

沈毛本家。

沈毛不賈於道又時作侍

致之人道也哉雖聖人弗能易也今欲治國馭民調一上下將内以固城外以拒難治則致人人弗能制亂則危削滅亡可立待也然而求卿相輔佐獨不如是之公惟便辟以已之用是豈不獨過矣故有社稷莫不欲安俄則危矣莫不欲存俄則亡矣古之國千餘今無數十其故何也莫不失於是也故明主有私人以百金名珠玉而無私以官職事業者也亦曰本不利所詐也彼不能而主使之是闇主也臣不能而爲之是詐臣也主闇於上臣

詐於下滅亡無日矣俱害之道也故惟明主能愛其所愛闇主則必危其所愛夫文王非無便辟親比己者超然乃舉太公於舟人而用之豈私之哉以爲親邪則異族之人也以爲故耶則未嘗相識也以爲姣好耶則太公年七十二齳然而齒墮矣然而用之者文王欲立貴道欲白貴名兼制天下以惠中國而不可以獨故舉是人而用之貴道果立貴名欲白兼制天下立國七十二姬姓獨居五十二周之子孫苟不狂惑莫不爲天下顯諸侯夫

是之謂能愛其所愛矣故惟明主能愛其所愛闇主必危其所愛此之謂也大雅曰貽厥孫謀以燕翼子小雅曰死喪無日無義相見危其所愛之謂也

問者不告告者勿問有諍氣者勿與論必由其道至然後接之非其道則避之故禮恭然後可與言道之方辭順然後可與言道之理色從然後可與言道之極故未可與言而言謂之瞽可與言而不與之言謂之隱君子不瞽言謹慎其序詩曰彼交匪

說苑建本篇

紓天子所予言必交吾志然後予
子爲親隱義不得正君誅不義仁不得愛雖違仁害
法義在其中矣詩曰游哉優哉亦是戾矣
齊桓公問於管仲曰王者何貴曰貴天桓公仰而視
天管仲曰所謂天非蒼莽之天也王者以百姓爲
天百姓與之郎安輔之郎強非之郎危倍之郎亡
詩曰民之無良相怨一方民皆居一方而怨其上
不亡者未之有也
善御者不忘其馬善射者不忘其弓善爲上者不忘

荀非十二子篇

其下、誠愛而利之、四海之內、闔若一家、不愛而利子或殺父、而況天下乎、詩曰、民之無良、相怨一方、出則爲宗族患、入則爲鄉里憂、詩曰、如蠻如髦、我是用憂、小人之行也、

有君不能事、有臣欲其忠、有父不能事、有子欲其孝、有兄不能敬、有弟欲其從令、詩曰、受爵不讓、至于已斯亡、言能知於人、而不能自知也、

夫當世之愚、飾邪說、文姦言、以亂天下、欺惑衆愚、使混然不知是非治亂之所存者、則是范睢、魏牟、田

文莊周愼到田駢墨翟宋鈃鄧析惠施之徒也此十子者皆順非而澤聞見雜博然而不師上古不法先王按往舊造說務而自功道無所遇二人相從故曰十子者之工說說皆不足合大道美風俗治綱紀然其持之各有故言之皆有理足以欺惑衆愚交亂樸鄙郎是十子之罪也若夫總方略一統類齊言行羣天下之英傑告之以大道教之以至順隩窔之間衽席之上簡然聖王之文具沛然平世之俗起工說者不能入也十子者不能親也

無置錐之地而王公不能與爭名、即是聖人之未得志者也、仲尼是也、舜禹是也、仁人將何務哉、上法舜禹之制、下則仲尼之義、以務息十子之說、如是者仁人之事畢矣、天下之害除矣、聖人之迹著矣、詩曰、雨雪瀌瀌、見晛聿消、

君子大心即敬天而道、小心即畏義而節、知即明達而類、愚即端愨而法、喜即和而治、憂即靜而違、達即寧而容、窮即納而詳、小人大心即慢而暴、小心即淫而傾、知即攫盜而漸、愚則毒賊而亂、喜則輕

易而快憂則挫而懾達則驕而偏窮則棄而累其肢體之序與禽獸同節言語之暴與蠻夷不殊出則爲宗族患入則爲鄉里憂詩曰如蠻如髦我是用憂

傳曰愛由情出謂之仁節愛理宜謂之義故愛恭謹謂之禮文禮謂之容禮容之義生以治爲法故其言可以爲民道故民從是言也行可以爲民法民從是行也書之於策傳之於志[illegible]萬世子子孫孫道而不舍由之即治失之即亂由之即生失之即

死。今夫肢體之序與禽獸同節言語之暴與蠻夷不殊混然無道此明王聖主之所罪詩曰如蠻如髦我是用憂

客有說春申君者曰湯以七十里文王百里皆兼天下一海内今夫孫子者天下之賢人也君藉之百里之勢臣竊以爲不便於君若何春申君曰善於是使人謝孫子去而之趙趙以爲上卿客又說春申君曰昔伊尹去夏之殷殷王而夏亡管仲去魯而入齊魯弱而齊强由是觀之夫賢者之所在其

孫子當重　策有
楚策四
竊
孫子
後語作上客

君未嘗不善其國未嘗不安也今孫子天下之賢
人何謂辭而去春申君又云善於是使請孫子孫
子因僞喜謝之鄙語曰癘憐王此不恭之語也雖
不可不審也此比爲劫殺死亡之主者也夫人主
年少而放無術法以知奸即大臣以專斷圖私以
禁誅於已也故捨賢長而立幼弱廢正直而立不
善故春秋之志曰楚王之子圍聘於鄭未出境聞
王疾返問疾遂以冠纓絞王而殺之因自立齊崔
杼之妻美莊公通之崔杼不許欲自刃於廟莊公

走出踰於外墻射中其股遂殺而立其弟景公近世所見李兌用趙餓主父於沙丘百日而殺之淖齒用齊擢閔王之觔而懸之於廟宿昔而殺之夫癘雖癰腫痂疵上比遠世未至絞頸射股也下比近世未至擢觔餓死也夫劫殺死亡之主心之憂勞形之苦痛必甚於癘矣由此觀之癘雖憐王可也因爲賦曰璇玉瑤珠不知佩雜布與錦不知異閭娵子都莫之媒嫫母力父是之喜以盲爲明以聾爲聰以是爲非以吉爲凶嗚呼上天曷維其同

詩曰上帝甚慆無自瘵焉

南苗亦狩之鄰猶犬羊也與之於人猶死之藥也安舊修質習貫易性習然也夫狂者自齕忘其非獨𠫤也飯土而亡其非粱飯也然則楚之狂者楚言齊之狂者齊言習使然也夫習之於人微而著深而固是暢於筋骨貞於膠漆是以君子務為學也

詩曰既見君子德音孔膠

孟子曰仁人心也義人路也舍其路弗由放其心而弗求人有雞犬放則知求之有放心而不知求其

於心爲不若求雞犬哉不知類之甚矣悲夫終亦必亡而已矣故學問之道無他焉求其放心而已

詩曰中心藏之何日忘之

道雖近不行不至事雖小不爲不成日日多者出入不遠矣夫巧弓之見手也傅角被筋膠漆之和即可以爲萬乘之寶也及其被手而賈不數銖人同材鈞而貴賤相萬者盡性致志也詩曰中心藏之何日忘之

傳曰誠惡惡之刑之本誠善善之敬之本彼誠感神

達乎民心知刑之本不怒而威不言而信誠德之主詩曰鐘鼓于宮聲聞于外

孔子見客客去顏淵曰客仁也孔子曰恨兮其心顙兮其口仁則吾不知也言之所聚也顏淵蹙然變色曰良玉度尺雖有十仞之土不能掩其光良珠度寸雖有百仞之水不能掩其瑩夫形體也色心也閔閔乎其薄也苟有溫良在中則眉睫與之矣疵瑕在中則眉睫不能匿之詩曰鐘鼓于宮聲聞于外

沈補亦作鐘鼓

家語五儀解一
大戴哀公問五義一

荀子哀公篇二字注引此
作五藏爲正

呂氏重言篇客作勝
書蓋人姓名
說苑指武篇作王滿生
語畧同

僞詐不可長，空虛不可守，朽木不可雕，情亡不可久。詩曰：「鐘鼓于宮，聲聞于外。」言有中者必能見外也。

所謂庸人者，口不能道乎善言，心不能知先王之法，動作而不知所務，止立而不知所定，日選於物而不知所貴，不知選賢人善士而託其身焉，從物而流，不知所歸，五藏爲政，心從而壞，遂不反，是以動而形危，靜則名辱。詩曰：「之子無良，二三其德。」

客有見周公者，應之於門，曰：「何以道旦也？」客曰：「在外卽言外，在內卽言內，入乎？將毋？」周公曰：「請入。」客曰：

毛本忘 林亡通同 沈

日毛本曰

沈 毛本無誤

呂氏作殷雖惡周不能疵矣

立即言義坐即言仁坐乎將毋周公曰請坐客曰
疾言則翕翕徐言則不聞言乎將毋周公唯唯旦
也踰明日興師而誅管蔡故客善以不言之說周
公善聽不言之說若周公可謂能聽微言矣故君
子之告人也微其救人之急也詩曰豈敢憚行畏
不能趨

韓詩外傳卷四終

正月廿一日閱

乙巳十月九日

庚戌二月廿八日

韓詩外傳卷五

子夏問曰關雎何以爲國風始也孔子曰關雎至矣乎夫關雎之人仰則天俯則地幽幽冥冥德之所藏紛紛沸沸道之所行雖神龍化斐斐文章大哉關雎之道也萬物之所繫羣生之所懸命也河洛出書圖麟鳳翔乎郊不由關雎之至則關雎之事將奚由至矣哉夫六經之策皆歸論汲汲蓋取之乎關雎關雎之事大矣哉馮馮翊翊自東自西自南自北無思不服子其勉強之思服之天地之間

生民之屬王道之原不外此矣子夏喟然歎曰大哉關雎乃天地之基也詩曰鼓鐘樂之

孔子抱聖人之心彷徨乎道德之域逍遥乎無形之鄉倚天理觀人情明終始知得失故興仁義厭利勢以持養之于時周室微王道絶諸侯力政强劫弱衆暴寡百姓靡安莫之紀綱禮義廢壞人倫不理於是孔子自東自西自南自北匍匐救之

王者之政賢能不待知而舉不肖不待須臾而廢元惡不待教而誅中庸不待政而化分未定也則有

荀子君道篇　荀文學　荀義下同

昭穆雖公卿大夫之子孫也行絶禮義則歸之庶
人遂傾覆之民牧而試之雖庶民之子孫也積學
文正身行能禮儀則歸之士大夫傾而待之安則
畜不安則棄反側之民上收而事之官而衣食之
王覆無遺材行反時者死之無赦謂之天誅是王
者之政也詩曰人而無儀不死何爲
君者民之源也源清則流清源濁則流濁故有社稷
者不能愛其民而求民親已愛已不可得也民不
親不愛而求其爲已用爲已死不可得也民弗爲用

沈毛本儀　沈俱毛本　沈林赦　沈毛本爲

弗爲死而求兵之勁城之固不可得也兵不勁城不固而欲不危削滅亡不可得也夫危削滅亡之情皆積於此而求安樂是聞不亦難乎是枉生者也悲夫生者不須時而滅亡矣故人主欲强固安樂莫若反己欲附下一民則莫若及之政欲修政美俗則莫若求其人彼其人者生今之世而志乎古之世以天下之王公莫之好也而是子獨好之以民莫之爲也而是子獨爲之也抑爲之者窮而是子猶爲之而無是須臾怠焉差焉獨明夫先王

所以遇之者所以失之者知國之安危臧否若別白黑則是其人也人主欲强固安樂則莫若與其人用之巨用之則天下爲一諸侯爲臣小用之則威行鄰國莫之能御若殷之用伊尹周之遇太公可謂巨用之矣齊之用管仲楚用孫叔敖可謂小用之矣巨用之者如彼小用之者故如此也曰粹而王駁而霸無一而亡詩曰四國無政不用其良不用其良臣而不亡者未之有也

造父天下之善御者矣無車馬則無所見其能羿天

下之善射者矣無弓矢則無所見其巧彼大儒者調一天下者也無百里之地則無所見其功夫車固馬選而不能以致千里者則非造父也弓調矢直而不能射遠中微者則非羿也用百里之地而不能調一天下制四夷者則非大儒也彼大儒者雖隱居窮巷陋室無置錐之地而王公不能與爭名矣用百里之地則千里國不能與之爭勝矣箠笞暴國一齊天下莫之能傾是大儒之勳其言有類其行有禮其舉事無悔其持檢應變曲當與時

荀作繆學雜舉不知法後王而壹制度不知隆禮義而殺詩書其衣冠行僞云云然則此雜下脫舉字

遷徙與世偃仰千舉萬變其道一也是大儒之稽也故有俗人者有俗儒者有雅儒者有大儒者耳不聞學行無正義迷迷然以富利爲隆是俗人也逢衣博帶略法先王而足亂世術謬學雜其衣冠言行爲已同於世俗而不知其惡也言談議說已無異於老墨而不知分是俗儒者也法先王一制度言行有大法而明不能濟法教之所不及聞見之所未至知之爲知之不知爲不知內不自誣外不誣人以是尊賢敬法而不敢怠傲焉是雅儒者

齊
後
眞
流
毛本眞
林通同

下之善射者矣無弓矢則無所見其巧彼大儒者
調一天下者也無百里之地則無所見其功夫車
固馬選而不能以致千里者則非造父也弓調矢
直而不能射遠中微者則非羿也用百里之地而
不能調一天下制四夷者則非大儒也彼大儒者

謬學雜真當爲句舉字似非脫文

四里之地而王公不能與爭
名矣用百里之地則千里國不能與之爭勝矣箠
笞暴國一齊天下莫之能傾是大儒之勳其言有
類其行有禮其舉事無悔其持檢應變曲當與時

荀作繆學雜舉不知法後王而壹制度不知隆禮義而殺詩書其衣冠行僞云云然則此雜下脫舉字

遷徙與世偃仰千舉萬變其道一也是大儒之稽也故有俗人者有俗儒者有雅儒者有大儒者耳不聞學行無正義迷迷然以富利爲隆是俗人也逢衣博帶略法先王而足亂世術謬學雜其衣冠言行爲已同於世俗而不知其惡也言談議說已無異於老墨而不知分是俗儒者也法先王一制度言行有大法而明不能濟法教之所不及聞見之所未至知之爲知之不知爲不知內不自誣外不誣人以是尊賢敬法而不敢怠傲焉是雅儒者

也法先王依禮義以淺持博以一行萬苟有仁義之類雖鳥獸若別黑白奇物變怪所未嘗聞見卒然起一方則舉統類以應之無所據援法而度之奄然如合符節是大儒者也故人主用俗人則萬乘之國亡用俗儒則萬乘之國存用雅儒則千里之國安用大儒則千里之地久而三年天下諸侯爲臣用萬乘之國則舉錯而定一朝之白詩曰周雖舊邦其命維新可謂白矣謂文王亦可謂大儒已矣

困學紀聞十引作輪扁

莊子天道篇五桓公語不同
淮南道應亦不同

初學記云韓詩爲師堂子

楚成王讀書於殿上而輪扁在下作而問曰不審主君所讀何書也成王曰先聖之書輪扁曰此真先聖王之糟粕耳非美者也成王曰子何以言之輪扁曰以臣輪言之夫以規爲圓矩爲方此其可付乎子孫者也若夫合三木而爲一應乎心動乎體其不可得而傳者也以爲所傳真糟粕耳故唐虞之法可得而攷也其喻人心不可及矣詩曰上天之載無聲無臭其孰能及之

孔子學鼓琴於師襄子而不進師襄子曰夫子可以

毛本倫下同 又末作不

沈 毛本

改毛作攷 改字是

進矣孔子曰丘已得其曲矣未得其數也有間曰夫子可以進矣曰丘已得其數矣未得其意也有間復曰夫子可以進矣曰丘已得其人矣未得其類也有間曰邈然遠望洋洋也翼翼乎必作此樂也默然異幾然而長以王天下以朝諸侯者惟其文王乎師襄子避席再拜曰善師以爲文王之操也故孔子持文王之聲知文王之爲人師襄子曰敢問何以知其文王之操也孔子曰然夫仁者好偉和者好粉智者好彈有殷勤之意者好麗丘是

以知文王之操也傳曰聞其末而達其本者聖也

紂之爲主勞民力寬酷之令加於百姓憯悽之惡施於大臣羣下不信百姓疾怨故天下叛而願爲文王臣紂自取之也夫貴爲天子富有天下及周師至而令不行乎左右悲夫當是之時索爲匹夫不可得也詩曰天位殷適使不俠四方

夫五色雖明有時而渝豐交之木有時而落物有成衰不得自若故三王之道周則復始窮則反本非務變而已將以正惡扶微絀繆淪非調和陰陽順

萬物之宜也詩曰亹亹文王綱紀四方

禮者首天地之體因人之情而爲之節文者也無禮何以正身無師安知禮之是也禮然而然是情安於禮也師云而云是知若師也情安禮知若師也則是君子之道言中倫行中理天下順矣詩曰不識不知順帝之則

上不知順孝則民不知返本君不知敬長則民不知貴親禘祭不敬山川失時則民無畏矣不教而誅則民不識勸也故君子修身及孝則民不倍矣敬

成王之時越裳氏重九譯而至獻白雉於周公 文選卷二十三雉詩注又卷三東京賦注

尚書大傳二 御覽四百一

孝達乎下則民知慈愛矣好惡喻乎百姓則下應其上如影響矣是以兼制天下定海内臣萬姓之要法也明王聖主之所不能須臾而舍也詩曰成王之孚下土之式永言孝思孝思維則

成王之時有三苗貫桑而生同為一秀大幾滿車長幾充箱成王問周公曰此何物也周公曰三苗同一秀意者天下殆同一也比期三年果有越裳氏重九譯而至獻白雉於周公道路悠遠山川幽深恐使人之未達也故重譯而來周公曰吾何以見

賜也譯曰吾受命國之黃髮曰久矣天之不迅風疾雨也海不波溢也三年於茲矣意者中國殆有聖人盍往朝之於是來也周公乃敬求其所以來

詩曰於萬斯年不遐有佐

登高而臨深遠見之樂臺榭不若丘山所見高也平原廣望博觀之樂沼池不如川澤所見博也勞心苦思從欲極好靡財傷情毀名損壽悲夫傷哉窮君之反於是道而愁百姓詩曰上帝板板下民瘁癉

儒者儒也儒之爲言無也不易之術也千舉萬變其道不窮六經是也若夫君臣之義父子之親夫婦之別朋友之序此儒者之所謹守日切磋而不舍也雖居窮巷陋室之下而内不足以充虛外不足以蓋形無置錐之地明察足以持天下大舉在人上則王公之材也小用使在位則社稷之臣也雖巖居穴處而王侯不能與爭名何也仁義之化存爾如使王者聽其言信其行則唐虞之法可得而觀頌聲可得而聽詩曰先民有言詢于芻蕘取謀

之博也

傳曰天子居廣廈之下帷帳之内旃茵之上被躧舄視不出閫莽然而知天下者以其賢左右也故獨視不若與衆視之明也獨聽不若與衆聽之聰也獨慮不若與衆慮之切也故明王使賢臣輻輳並進所以通中正而致隱居之士詩曰先民有言詢于蒭蕘此之謂也

天設其高而日月成明地設其厚而山陵成名上設其道而百事得序自周室壞以來王道廢而不起

胡本帷幄
沈 毛本工
沈 毛本哀○非

禮義絶而不繼秦之時非禮義棄書詩略古昔大
滅聖道專爲苟妄以貪利爲俗以告獵爲化而天
下大亂於是兵作而大起暴露居外而民以侵漁
遏奪相攘爲服習離聖王光烈之日久遠未嘗見
仁義之道被禮樂之風是以囂頑無禮而肅敬日
損凌遲以威武相攝妄爲佞人不避患禍此其所
以難治也人有六情目欲視好色耳欲聽宮商鼻
欲嗅芬香口欲嗜甘旨其身體四肢欲安而不作
衣欲被文繡而輕煖此六者民之六情也失之則

亂從之則穆故聖王之教其民矣必因其情而節之以禮必從其欲而制之以義義簡而備禮易而法去情不遠故民之從命也速孔子知道之易行曰詩云誘民孔易非虛辭也

繭之性爲絲弗得女工燔以沸湯抽其統理不成爲絲卵之性爲雛不得良雞覆伏孚育積日累久則不成爲雛夫人性善非得明王聖主扶攜內之以道則不成君子詩曰天生烝民其命匪諶靡不有初鮮克有終言惟明王聖主然後使之然也

御覽二百三十五引據法守職而不敢爲非者太史也 史通十一引作太史令

惠通慧

詩攷以無倍無側

智如泉源行可以爲表儀者人師也智可以砥行可以爲輔弼者人友也據法守職而不敢爲非者人吏也當前決意一呼再諾者人隸也故上主以師爲佐中主以友爲佐下主以吏爲佐危亡之主以隸爲佐語曰淵廣者其魚大主明者其臣惠相觀而志合必由其中故同明相見同音相聞同志相從非賢者莫能用賢故輔弼左右所任使者有存亡之機得失之要也可無慎乎詩曰不明爾德時無背無側爾德不明以無陪無卿

喏 沈 通

倍

以

諾毛本喏 林

惠毛本慧 沈通 林

韓詩外傳 卷五 十

大戴保傅篇　新書胎教篇　又見本書卷七

又見卷七

韓詩外傳卷五

昔者禹以夏王桀以夏亡湯以殷王紂以殷亡故無常安之國宜治之民得賢則昌不肖則亡自古及今未有不然者也夫明鏡者所以照形也往古者所以知今也夫知惡往古之所以危亡而不襲蹈其所以安存者則無以異乎欲行而求遂於前人鄙語曰不知爲吏視已成事或曰前車覆而後車不誡是以後車覆也故夏之所以亡者而殷爲之殷之所以亡者而周爲之故殷可以鑒於夏而周可以鑒於殷詩曰殷鑒不遠在夏后之世

漢書同　而視已大

逮　卷七

沈　毛本　却　又遂作逮

傳曰驕溢之君寡忠口惠之人鮮信故盈把之木無合拱之枝榮澤之水無吞舟之魚根淺則枝葉短本絕則枝葉枯詩曰枝葉未有害本實先撥禍福自己出也

水淵深廣則龍魚生之山林茂盛則禽獸歸之禮義修明則君子懷之故禮及身而行修禮及國而政明能以禮扶身則貴名自揚天下順焉令行禁止而王者之事畢矣詩曰有覺德行四國順之夫此之謂也

孔子曰夫談說之術齊莊以立之端誠以處之堅强以待之辟稱以喻之分以明之歡忻芬芳以送之寶之珍之貴之神之如是則說恒無不行矣夫是之謂能貴其所貴若夫無類之說不形之行不贊之辭君子慎之詩曰無易由言無曰苟矣

夫百姓內不乏食外不患寒則可教御以禮義矣詩曰蒸畀祖妣以洽百禮百禮洽則百意遂百意遂則陰陽調陰陽調則寒暑均寒暑均則三光清三光清則風雨時風雨時則羣生寧如是而天道得

夫是以不出戶而知天下不窺牖而見天道詩曰惟此聖人瞻言百里於鑠王師遵養時晦言相養之至於晦也

天下四時春夏秋冬風雨霜露無非教也清明在躬氣志如神嗜欲將至有開必先天降時雨山川出雲詩曰嵩高維嶽峻極于天維嶽降神生甫及申維申及甫維周之翰四國于藩四方于宣此文武之德也三代之王也必先其令名詩曰明明天子令聞不已矢其文德洽此四國此大王之德也

藍有青而絲假之青於藍地有黃而絲假之黃於地藍青地黃猶可假也仁義之事不可假乎哉東海之魚名曰鰥比目而行不相得不能達北方有獸名曰婁更食而更視不相得不能飽南方有鳥名曰鶼比翼而飛不相得不能舉西方有獸名曰蟨前足鼠後足兔得甘草必銜以遺蛩蛩距虛其性非能蛩蛩距虛將爲假之故也夫鳥獸魚猶相假而況萬乘之主而獨不知假此天下英雄俊士與之爲伍則豈不病哉故曰以明扶明則昇于天以

毛蹻誤

沈 毛本鰈

明扶闇則歸其人兩瞽相扶不傷牆木不陷井穽則其幸也詩曰惟彼不順徃以重垢闇行也

禍生於無為而患生於多欲知足然後富從之德宜君人然後貴從之故貴爵而賤德者雖為天子不尊矣貪物而不知止者雖有天下不富矣夫土地之生不益山澤之出有盡懷不富之心而求不益之物挾百倍之欲而求有盡之財是桀紂之所以失其位也詩曰大風有隧貪人敗類

哀公問於子夏曰必學然後可以安國保民乎子夏

各本同　詩攷作中

曰不學而能安國保民者未之有也哀公曰然則五帝有師乎子夏曰臣聞黃帝學乎大墳顓頊學乎綠圖帝嚳學乎赤松子堯學乎務成子附舜學乎尹壽禹學乎西王國湯學乎貸子相文王學乎錫疇子斯武王學乎太公周公學乎虢叔仲尼學乎老聃此十一聖人未遭此師則功業不能著乎天下名號不能傳乎後世者也詩曰不愆不忘率由舊章

德也者包天地之美配日月之明立乎四時之調覽

古今人表文填

湯師伊尹文王師呂望白虎通

乎陰陽之交寒暑不能動四時不能化也斂乎太陰而不濕散乎太陽而不枯鮮潔清明而備嚴威務疾而神競清而福乎天地之間者德也微聖人其孰能與於此矣詩曰德輶如毛民鮮克舉之

如歲之旱莫不漬茂然天淸然與雲沛然下雨則萬物無不興起之者民非無仁義根於心者也王政怵迫使不得見憂鬱而不得出聖王在彼驪鳥覗不出閤而天下隨唱而天下和何如在此有以應哉詩曰如彼歲旱莫不漬茂

荀君道篇八

各本皆失
設顯一段

道者何也曰君之所道也君者何也曰羣也爲天下萬物而除其害者謂之君王者何也曰往也天下往之謂之王曰善養生者故人尊之善辯治人者故人安之善設顯人者故人親之善粉飾人者故人樂之四統者具天下往之四統無一而天下去之往之謂之王去之謂之亡故曰道存則國存道亡則國亡夫省工商衆農人謹盜賊除姦邪是所以生養之也天子三公諸侯一相大夫擅官士保職莫不治理是所以辯治之也決德而定次量能

毛本加而

而授官賢以之爲三公以之爲諸侯次則爲大夫是以粉飾之也故自天子至於庶人莫不稱其能得其意安樂其事是所同也若夫重色而成文累味而備珍則聖人所以分賢良明貴賤故道得則澤流羣生而福歸王公澤流羣生則下安而和福歸王公則尊而榮百姓皆懷安和之心而樂戴其上夫是之謂下洽而上通下洽而上通頌聲之所以興也詩曰降福簡簡威儀反反既醉既飽福祿來反

皇侃論語疏七　家語正論解　後漢書七十九下謝該傳注引山林之士爲名故往而不能反朝廷之士爲祿故入而不能出　林夫疑六

韓詩外傳　卷五　十五

聖人養一性而御大氣持一命而節滋味奄治天下不遺其小存其精神以補其中謂之志詩曰不競不絿不剛不柔言得中也

朝廷之士爲祿故入而不出山林之士爲名故往而不返入而不能出往而不能返通移有常聖也詩曰不競不絿不剛不柔言得中也

孔子侍坐於季孫季孫之宰通曰君使人假馬其與之乎孔子曰吾聞君取於臣謂之取不曰假季孫悟告宰通曰今以往君有取謂之取無曰假孔子

沈 毛本士　沈 兩不字毛作亦

曰正假馬之言而君臣之義定矣論語曰必也正名乎詩曰君子無易由言名正也

上曰字衍

沈

毛本無末三字

庚子二月三日校

乙巳十月十二日閱段明府明當回良常

庚戌三月三日閱閔中丞自東省回治今日過常

韓詩外傳卷五終

韓詩外傳　卷五　十六

韓詩外傳卷六

比干諫而死箕子曰知不用而言愚也殺身以彰君之惡不忠也二者不可然且爲之不祥莫大焉遂被髮佯狂而去君子聞之曰勞矣箕子盡其精神竭其忠愛見比干之事免其身仁知之至詩曰人亦有言靡哲不愚

齊桓公見小臣三往不得見左右曰夫小臣國之賤臣也君三往而不得見其可已矣桓公曰惡是何言也吾聞之布衣之士不欲富貴不輕身於萬乘

之君萬乘之君不好仁義不輕身於布衣之士縱夫子不欲富貴可也吾不好仁義不可也五往而得見也天下諸侯聞之謂桓公猶下布衣之士而況國君乎於是相率而朝靡有不至桓公之所以九合諸侯一匡天下者此也詩曰有覺德行四國順之

賞勉罰偷則民不怠兼聽齊明則天下歸之然後明其分職考其事業較其官能莫不理法則公道達而私門塞公義立而私事息如是則持厚者進而

佞諂者止貪戾者退而廉節者起周制曰先時者死無赦不及時者死無赦人習事而因人之事使如耳目鼻口之不可相錯也故曰職分而民不慢次定而序不亂兼聽齊明而百事不留如是則羣下百吏莫不脩已然後敢安仕成能然後敢受職小人易心百姓易俗奸宄之屬莫不反慤夫是之爲政教之極則不可加矣詩曰訏謨定命遠猶辰告敬慎威儀惟民之則

子路治蒲三年孔子過之入境而善之曰由恭敬以

文選卷六籍田賦注引曰子路治蒲孔子曰我入其境田疇甚易草萊甚辟故其人盡力也

家語辯政篇至其庭庭甚清閑

尚書大傳一 說苑修文篇无 御覽六百三十七 大傳無君命 苑命然後得

信矣入邑曰善哉由忠信以寬矣至庭曰善哉由
明察以斷矣子貢執轡而問曰夫子未見由而三
稱善可得聞乎孔子曰入其境田疇草萊甚辟此
恭敬以信故民盡力入其邑墉屋甚尊樹木甚茂
此忠信以寬故民不偷入其庭甚閑此明察以斷
故民不擾也詩曰夙興夜寐灑埽庭內
古者有命民之有能敬長憐孤取捨好讓居事力者
告於其君然後君命得乘飾車駢馬未得命者不
得乘飾車駢馬皆有罰故民雖有餘財侈物而無

告毛本命缺下君字毛無 說苑同

禮義功德則無所用故皆興仁義而賤財利賤財利則不爭不爭則彊不陵弱衆不暴寡是君之所以象典刑而民莫犯法民莫犯法而亂斯止矣詩曰質爾人民謹爾侯度用戒不虞

天下之辯有三至五勝而辭置下辯者別殊類使不相害序異端使不相悖輸公通意揚其所謂使人預知焉不務相迷也是以辯者不失所守不勝者得其所求故辯可觀也夫繁文以相假飾辭以相悖數譬以相移外人之身使不得反其意則論便

然後害生也夫不疏其指而弗知謂之隱外意外
身謂之諱幾廉倚跌謂之移指緣謬辭謂之苟四
者所不爲也故理可同睹也夫隱諱移苟爭言競
爲而後息不能無害其爲君子也故君子不爲也
論語曰君子於其言無所苟而已矣詩曰無易由
言無曰苟矣

吾語子夫服人之心高上尊貴不以驕人聰明聖知
不以幽人勇猛强武不以侵人齊給便捷不以欺
誣人不能則學不知則問雖知必讓然後爲知遇

君則脩脩臣下之義出鄉則脩長幼之義遇長老則脩弟子之義遇等夷則脩朋友之義遇少而賤者則脩告道寬裕之義故無不愛也無不敬也無與人爭也曠然而天地苞萬物也如是則老者安之少者懷之朋友信之詩曰惠于朋友庶民小子子孫繩繩萬民靡不承

仁者必敬其人敬其人有道遇賢者則愛親而敬之遇不肖者則畏踈而敬之其敬一也其情二也若夫忠信端愨而不害傷則無接而不然是仁之質

也仁以爲質義以爲理開口無不可以爲人法式者詩曰不僭不賊鮮不爲則

子曰不學而好思雖知不廣矣學而慢其身雖學不尊矣不以誠立雖立不久矣誠未著而好言雖言不信矣美材也而不聞君子之道隱小物以害大物者災必及身矣詩曰其何能淑載胥及溺

民勞思佚治暴思仁刑危思安國亂思天詩曰靡有旅力以念穹蒼

問者曰古之謂知道者曰先生何也猶言先醒也不

賈誼新書以此爲懷王問賈君之合　先醒之稱

當有曰

賈作忙忙

依賈改

子疑天下　林作人　沈

新序雜事篇五

聞道術之人則冥於得失不知亂之所由眊眊乎其猶醉也故世主有先生者有後生者有不生者昔者楚莊王謀事而居有憂色申公巫臣問曰王何爲有憂也莊王曰吾聞諸侯之德能自取師者王能自取友者霸而與居不若其身者亡以寡人之不肖也諸大夫之論莫有及於寡人是以憂也莊王之德宜君子威服諸侯日猶恐懼思索賢佐此其先生者也昔者宋昭公出亡謂其御曰吾知其所以亡矣御者曰何哉昭公曰吾被服而立侍

賈作虢郭同
當作出走賈走

御者數十人無不曰吾君麗者也吾發言動事朝
臣數百人無不曰吾君聖者也吾外內不見吾過
失是以亡也於是改操易行安義行道不出二年
而美聞於宋宋人迎而復之謚爲昭此其後生者
也昔郭君出郭謂其御者曰吾渴欲飲御者進清
酒曰吾饑欲食御者進乾脯粱糗曰何備也御者
曰臣儲之曰奚儲之御者曰爲君之出亡而道饑
渴也曰子知吾且亡乎御者曰然曰何不以諫也
御者曰君喜道諛而惡至言臣欲進諫恐先郭亡

賈有公字　沆飢　各本俱作曰

當有君字
當有郭君二字 失當作夫
備疎賈作塊
有先生者三句衍

是以不諫也郭君作色而怒曰吾所以亡者誠何哉御轉其辭曰君之所以亡者太賢曰夫賢者所以不爲存而亡者何也御曰天下無賢而獨賢是以亡也伏軾而嘆曰嗟乎失賢人者如此乎於是身倦力解枕御膝而臥御自易以備疎行而去身死中野爲虎狼所食此其不生者也故先生者當年霸楚莊王是也後生者三年而復宋昭公是也不生者死中野爲虎狼所食郭君是也有先生者後生者有不生者詩曰聽言則對誦言如醉

也字毛無

新序義勇篇

田常弒簡公乃盟于國人曰不盟者死及家石他曰古之事君者死其君之事舍君以全親非忠也捨親以死君之事非孝也他則不能然不盟是殺吾親也從人而盟是背吾君也嗚呼生亂世不得正行劫乎暴人不得全義悲夫乃進盟以免父母退伏劍以死其君聞之者曰君子哉安之命矣詩曰人亦有言進退惟谷石先生之謂也

易曰困于石據于蒺藜入于其宮不見其妻凶此言困而不見據賢人者也昔者秦繆公困於殽疾據

五羖大夫蹇叔公孫支而小霸晉文困於驪氏疾據咎犯趙衰介子推而遂爲君越王句踐困於會稽疾據范蠡大夫種而霸南國齊桓公困於長勺疾據管仲甯戚隰朋而匡天下此皆困而知疾據賢人者也夫困而不知疾據賢人而不亡者未嘗有之也詩曰人之云亡邦國殄瘁無善人之謂也

孟子說齊宣王而不說淳于髡侍孟子曰今日說公之君公之君不說意者其未知善之爲善乎淳于髡曰夫子亦誠無善耳昔者瓠巴鼓瑟而潛魚出

後漢八十下邊讓章華賦注引伯牙鼓琴游魚出聽

緜駒此云揖封高唐此作高商

聽伯牙鼓琴而六馬仰秣魚馬猶知善之爲善而況君人者也孟子曰夫電雷之起也破竹折木震驚天下而不能使聾者卒有聞日月之明徧照天下而不能使盲者卒有見今公之君若此也淳于髡曰不然昔者揖封生高商齊人好歌杞梁之妻悲哭而人稱詠夫聲無細而不聞行無隱而不形夫子苟賢居魯而魯國之削何也孟子曰不用賢削何有也吞舟之魚不居潛澤度量之士不居汙世夫藝冬至必彫吾亦時矣詩曰不自我先不自

家語致思篇 又戴勸學篇 說苑建本篇 林祖

我後非遺彫世者歟

孔子曰可與言終日而不倦者、其惟學乎、其身體不足觀也、勇力不足憚也、族姓不足稱也、宗廟不足道也、而可以聞於四方而昭於諸侯者、其惟學乎、詩曰不愆不忘率由舊章夫學之謂也

子曰不知命無以爲君子言天之所生皆有仁義禮智順善之心不知天之所以命生則無仁義禮智順善之心無仁義禮智順善之心謂之小人故曰不知命無以爲君子小雅曰天保定爾亦孔之固

續漢百官志五注引

獄訟而寃失職注

言天之所以仁義禮智保定人之甚固也大雅曰天生蒸民有物有則民之秉彝好是懿德言民之秉德以則天也不知所以則天又焉得爲君子乎

王者必立牧方二人使闚遠牧衆也遠方之民有飢寒而不得衣食有獄訟而不平其寃失賢而不舉者入告乎天子天子於其君之朝也揖而進之曰噫朕之政教有不得爾者邪何如乃有飢寒而不得衣食有獄訟而不平其寃失賢而不舉然後其君退而與其卿大夫謀之遠方之民聞之皆曰誠

沈飢下同

宣十二年公羊傳 新序四

天子也夫我居之僻見我之近也我居之幽見我之明也可欺乎哉故牧者所以開四目通四聰也詩曰邦國若否仲山甫明之此之謂也

楚莊王伐鄭鄭伯肉袒左把茅旌右執鸞刀以進言於莊王曰寡人無良邊陲之臣以干天禍使大國之君沛焉遠辱至此莊王曰君子不令臣交易爲言是以使寡人得見君之玉面也而微至乎此莊王受節左右麾楚軍退舍七里將軍子重進諫曰夫南郢之與鄭相去數千里大夫死者數人廝役

者數百人今克而弗有無乃失民臣之力乎莊王曰吾聞古者杅不穿皮不蠹不出於四方以是君子之重禮而賤財也要其人不要其土人告以從而不舍不祥也吾以不祥立乎天下災及吾身何取之有既晉之救鄭者至曰請戰莊王許之將軍子重進諫曰晉強國也道近兵銳楚師奄罷君其勿許莊王曰不可強者我避之弱者我威之是寡人無以立乎天下也乃遂還師以逆晉寇莊王援桴而鼓之晉師大敗士卒奔者爭舟而指可掬也

莊王曰噫吾兩君不相好百姓何罪乃退楚師以佚晉寇詩曰柔亦不茹剛亦不吐

君子崇人之德揚人之美非道諛也正言直行指人之過非毀疵也詘柔順從剛强猛毅與物周流道德不外詩曰柔亦不茹剛亦不吐不侮矜寡不畏强禦

衛靈公晝寢而起志氣益衰使人馳召勇士公孫悁道遭行人卜商卜商曰何驅之疾也對曰公晝寢而起使我召勇士公孫悁子夏曰微悁而勇若悁

者可乎御者曰可子夏曰載我而反至君曰使子召勇士何爲召儒使者曰行人曰微悁而勇若悁者可乎臣曰可即載與來君曰諾延先生上趣召公孫悁至入門杖劍疾呼曰商下我存若頭子夏顧咄之曰咄內劍吾將與若言勇於是君令內劍而上子夏曰來吾嘗與子從君而西見趙簡子簡子披髮杖矛而見我君我從十三行之後趨而進曰諸侯相見不宜不朝服不朝服行人卜商將以頸血濺君之服矣使反朝服而見吾君子耶我耶

悁曰子也子夏曰子之勇不若我一矣又與子從君而東至阿遭齊君重鞇而坐吾君單鞇而坐我從十三行之後趨而進曰禮諸侯相見不宜相臨以庶揄其一鞇而去之者子耶我耶悁曰子也子夏曰子之勇不若我二矣又與子從君於囿中於是兩寇肩逐我君拔矛下格而還子耶我耶悁曰子也子夏曰子之勇不若我三矣所貴爲士者上攝萬乘下不敢敖乎匹夫外立節矜而敵不侵擾內禁殘害而君不危殆是士之所長君子之所致

貴也。若夫以長掩短。以衆暴寡。凌轢無罪之民而成威於閭巷之間者。是士之甚毒而君子之所致惡也。衆之所誅鋤也。詩曰人而無儀不死何爲夫何以論勇於人主之前哉於是靈公避席抑手曰寡人雖不敏請從先生之勇詩曰不侮矜寡不畏彊禦卜先生也

説苑雜言篇
家語困誓篇微異

孔子行簡子將殺陽虎孔子似之帶甲以圍孔子舍子路慍怒奮戟將下孔子止之曰由何仁義之寡裕也夫詩書之不習禮樂之不講是丘之罪也若

由歌予和汝　苑

吾非陽虎而以我爲陽虎則非丘之罪也命也我歌予和若子路歌孔子和之三終而罷詩曰來游來歌以陳盛德之和而無爲也

當作由

詩曰愷悌君子民之父母君子爲民父母何如曰君子者貌恭而行肆身儉而施博故不肖者不能逮也殖盡於已而區略於人故可盡身而事也篤愛而不奪厚施而不伐見人有善欣然樂之見人不善惕然掩之有其過而兼包之授衣以最授食以多法下易由事寡易爲是以中立而爲人父母也

築城而居之、別田而養之、立學以教之、使人知親
尊親、尊故父服斬縗三年爲君亦服斬縗三年爲
民父母之謂也
事强暴之國難使强暴之國事我易事之以貨寶則
寶單而交不結約契盟誓則約定而反無日割國
之强乘以賂之則割定而欲無厭事之彌順其侵
之愈甚必致寶單國舉而後已雖左堯、右舜、未有
能以此道免者也故非有聖人之道持以巧敏拜
請畏事之則不足以持國安身矣故明君不道也

新序四

必脩禮以齊朝正法以齊官平政以齊下然後禮
義節奏齊乎朝法則度量正乎官忠信愛利平乎
下行一不義殺一無罪而得天下不爲也故近者
競親而遠者願至上下一心三軍同力名聲足以
薰炙之威强足以一齊之則拱揖指麾而強暴之
國莫不趨使如赤子歸慈母者何也仁形義立教
誠愛深故詩曰王猷允塞徐方既來

勇士一呼而三軍皆避士之誠也昔者楚熊渠子夜
行寢石以爲伏虎彎弓而射之沒金飲羽下視知

見序　辟序

當有見字以後漢注補

後漢廣陵王荆傳注引此作知其石也因復射之矢摧無迹熊渠子見其誠心而金石爲之開云云 毛本摧作躍

御覽百九十三

其爲石石爲之開而況人乎夫倡而不和動而不僨中心有不全者矣夫不降席而匡天下者求之己也孔子曰其身正不令而行其身不正雖令不從先王之所以拱揖指麾而四海來賓者誠德之至也色以形于外也詩曰王猷允塞徐方既來

有脫文

昔者趙簡子薨而未葬而中牟畔之葬五日襄子興師而攻之圍未匝而城自壞者十丈襄子擊金而退之軍吏諫曰君誅中牟之罪而城自壞者是天助之也君曷爲而退之襄子曰吾聞之於叔向曰

荀子彊國篇

君子不乘人於利不厄人於險使其城然後攻之
中牟聞其義而請降曰善哉襄子之謂也詩曰王
猷允塞徐方既來
威有三術有道德之威者有暴察之威者有狂妄之
威者此三威不可不審察也何謂道德之威曰禮
樂則修分義則明舉措則時愛利則刑如是則百
姓貴之如帝王親之如父母畏之如神明故賞不
用而民勸罰不加而威行是道德之威也何謂暴
察之威曰禮樂則不脩分義則不明舉措則不時

愛利則不刑然而其禁非也暴其誅不服也繁審其刑罰而信其誅殺猛而必閙如雷擊之如墻壓之百姓劫則致畏怠則傲上執拘則聚遠聞則散非劫之以刑勢振之以誅殺則無以有其下是暴察之威也何謂狂妄之威曰無愛人之心無利人之事而日爲亂人之道百姓讙譁則從而放執於刑灼不和人心悖逆天理是以水旱爲之不時年穀以之不升百姓上困於暴亂之患而下窮衣食之用愁哀而無所告訴比周憤潰以離上傾覆滅

亡可立而待是狂妄之威也夫道德之威成乎衆强暴察之威成乎危弱狂妄之威成乎滅亡故威名同而吉凶之効遠矣故不可不審察也詩曰昊天疾威天篤降喪瘨我饑饉民卒流亡我居御卒荒

晉平公游於河而樂曰安得賢士與之樂此也船人盍胥跪而對曰主君亦不好士耳夫珠出於江海玉出於崑山無足而至者由主君之好也士有足而不至者蓋主君無好士之意耳無患乎無士也平公曰吾食客門左千人門右千人朝食不足夕

矣當作乎

收市賦暮食不足朝收市賦吾可謂不好士乎盍胥對曰夫鴻鵠一舉千里所恃者六翮爾背上之毛腹下之毳益一把飛不爲加高損一把飛不爲加下今君之食客門左門右各千人亦有六翮在其中矣將皆背上之毛腹下之毳耶詩曰謀夫孔多是用不集

二月四日閲

乙巳十月十八日

庚戌三月三日回候靖江朱生甥壻之壻也見其內子子女等歸後閲

韓詩外傳卷六終

韓詩外傳卷七

齊宣王謂田過曰吾聞儒者親喪三年君與父孰重過對曰殆不如父重王忿然曰曷爲士去親而事君對曰非君之土地無以處吾親非君之祿無以養吾親非君之爵無以尊顯吾親受之於君致之於親凡事君以爲親也宣王悒然無以應之詩曰王事靡盬不遑將父

趙王使人於楚鼓瑟而遣之曰慎無失吾言使者受命伏而不起曰大王鼓瑟未嘗若今日之悲也王

說苑奉使篇引詩上句華華征夫

漢書蒯通傳　四十五

匽生即蒯通

韓詩外傳　卷七

曰調使者曰調則可記其柱王曰不可天有燥濕絃有緩急柱有推移不可記也使者曰請借此以喻楚之去趙也千有餘里亦有吉凶之變凶則弔之吉則賀之猶柱之有推移不可記也故王之使人必慎其所之而不任以辭詩曰征夫捷捷每懷靡及蓋傷自上而御下也

齊有隱士東郭先生梁石君當曹相國爲齊相也客謂匽生曰夫東郭先生梁石君世之賢也隱於深山終不詘身下志以求仕者也吾聞先生得謁曹

相國願先生爲之先臣里母相善婦見疑盜肉其姑去之恨而告於里母里母曰安行今令姑呼汝即束蘊請火去婦之家曰吾犬爭肉相殺請火治之姑乃直使人追去婦還之故里母非談說之士束蘊請火非還婦之道也然物有所感事有可適何不爲之先匱生曰愚恐不及然請盡力爲東郭先生梁石君束蘊請火於是乃見曹相國曰臣之里有夫死三日而嫁者有終身不嫁者則自爲娶將何娶焉相國曰吾亦娶其終身不嫁者耳匱生

曰齊有隱士東郭先生梁石君世之賢士也隱於深山終不詘身下志以求仕相國娶婦欲娶其不嫁者取臣獨不取其不仕之臣耶於是曹相國因匱生束帛安車迎東郭先生梁石君厚客之詩曰既見君子我心則降

孔子曰昔者周公事文王行無專制事無由己身若不勝衣言若不出口有奉持於前洞洞焉若將失之可謂子矣武王崩成王幼周公承文武之業履天子之位聽天子之政征夷狄之亂誅管蔡之罪

抱成王而朝諸侯誅賞制斷無所顧問威動天地振恐海内可謂能武矣成王壯周公致政北面而事之請然後行無伐矜之色可謂臣矣故一人之身能三變者所以應時也詩曰左之左之君子宜之右之右之君子有之

傳曰鳥之美羽勾啄者鳥畏之魚之侈口垂腴者魚畏之人之利口贍辭者人畏之是以君子避三端避文士之筆端避武士之鋒端避辯士之舌端詩曰我友敬矣讒言其興

荀宥坐篇作禍 説苑雜言同
家語在厄篇

孔子困於陳蔡之間即三經之席七日不食藜羹不糝弟子有饑色讀書習禮樂不休子路進諫曰為善者天報之以福為不善者天報之以賊今夫子積德累仁為善久矣意者當遺行乎奚居之隱也孔子曰由來汝小人也未講於論也居吾語汝子以知者為無罪乎則王子比干何為刳心而死子以義者為聽乎則伍子胥何為抉目而懸吳東門子以廉者為用乎則伯夷叔齊何為餓於首陽之山子以忠者為用乎則鮑叔何為而不用葉公子

高終身不仕鮑焦抱木而泣子推登山而燔故君子博學深謀不遇時者衆矣豈獨丘哉賢不肖者材也遇不遇者時也今無有時賢安所用哉故虞舜耕於歷山之陽立爲天子其遇堯也傅說負土而版築以爲大夫其遇武丁也伊尹故有莘氏僮也負鼎操俎調五味而立爲相其遇湯也呂望行年五十賣食棘津年七十屠於朝歌九十乃爲天子師則遇文王也管夷吾束縛自檻車以爲仲父則遇齊桓公也百里奚自賣五羊之皮爲秦伯牧

於上有脫文 說苑
沈尹名聞天下

人上當有不以字 荀子
作非以無人而不芳
說作非爲無人而不香
家語不以無人而不芳

牛舉爲大夫則遇秦繆公也虞丘於天下以爲令尹讓於孫叔敖則遇楚莊王也伍子胥前功多後戮死非知有盛衰也前遇闔閭後遇夫差也夫驥罷鹽車此非無形容也莫知之也使驥不得伯樂安得千里之足造父亦無千里之手矣夫蘭茝生於茂林之中深山之間人莫見之故不芬夫學者非爲通也爲窮而不憂困而志不衰先知禍福之始而心無惑焉故聖人隱居淡念獨聞獨見夫舜亦賢聖矣南面而治天下惟其遇堯也使舜居桀

不以

說 毛本困憂 荀宥坐篇合

紂之世能自免於刑戮之中則爲善矣亦何位之有桀殺關龍逢紂殺王子比干當此之時豈關龍逢無知而王子比干不慧乎哉此皆不遇時也故君子務學脩身端行而須其時者也子無惑焉詩曰鶴鳴于九皐聲聞于天

曾子曰往而不可還者親也至而不可加者年也是故孝子欲養而親不待也木欲直而時不待也是故椎牛而祭墓不如雞豚逮親存也故吾嘗仕齊爲吏祿不過鐘釜尚猶欣欣而喜者非以爲多也

樂其遠親也既没之後吾嘗南遊於楚得尊官焉堂高九仞榱題三圍轉轂百乘猶北鄉而泣涕者非爲賤也悲不逮吾親也故家貧親老不擇官而仕若夫信其志約其親者非孝也詩曰有母之尸雍

趙簡子有臣曰周舍立於門下三日三夜簡子使問之曰子欲見寡人何事周舍對曰願爲諤諤之臣墨筆操牘從君之過而日有記也月有成也歲有効也簡子居則與之居出則與之出居無幾何而

周舍死簡子如喪子後與諸大夫飲於洪波之臺酒酣簡子涕泣諸大夫皆出走曰臣有罪而不自知簡子曰大夫皆無罪昔者吾有周舍有言曰千羊之皮不若一狐之腋衆人諾諾不若一士之諤諤昔者商紂默默而以武王諤諤而昌今自周舍之死吾未嘗聞吾過也吾以無日矣是以寡人泣也

傳曰齊景公問晏子爲人何患晏子對曰患夫社鼠景公曰何謂社鼠晏子曰社鼠出竊於外入託於

社灌之恐壞墻燻之恐燒木此鼠之患今君之左右出則賣君以要利入則託君不罪乎亂法君又并覆而育之此社鼠之患也景公曰嗚呼豈其然

人有市酒而甚美者置表甚長然至酒酸而不售問里人其故里人曰公之狗甚猛而人有持器而欲往者狗輒迎而齧之是以酒酸不售也士欲白萬乘之主用事者迎而齧之亦國之惡狗也左右者爲社鼠用事者爲惡狗此國之大患也詩曰瞻彼中林侯薪侯蒸言朝廷皆小人也

韓非子外儲說右下西
淮南子道應訓十二
說苑君道篇一
慶賞賜予韓非
爵賞賜予淮

此子罕非樂喜漢書鄒陽傳宋任子冉之計囚墨翟文穎曰子冉子罕也蓋此則與墨翟同時當是罕氏之後

呂氏忠廉篇十一
新序八

昔者司城子罕相宋謂宋君曰夫國家之安危百姓之治亂在君之行夫爵祿賞賜舉人之所好也君自行之殺戮刑罰民之所惡也臣請當之君曰善寡人當其美子受其惡寡人自知不爲諸侯笑矣國人知殺戮之刑專在子罕也大臣親之百姓畏之居不期年子罕遂去宋君而專其政故老子曰魚不可脫於淵國之利器不可以示人詩曰胡爲我作不卽我謀

衛懿公之時有臣曰弘演者受命而使未反而狄人

攻衛於是懿公欲興師迎之其民皆曰君之所貴而有祿位者鶴也所愛者宮人也亦使鶴與宮人戰余安能戰遂潰而皆去狄人至攻懿公於熒澤殺之盡食其肉獨舍其肝弘演至報使於肝辭畢呼天而號哀止曰若臣者獨死可耳於是遂自刳出腹實內懿公之肝乃死桓公聞之曰衛之亾也以無道也今有臣若此不可不存於是復立衛於楚丘如弘演可謂忠士矣殺身以捷其君非徒捷其君又令衛之宗廟復立祭祀不絕可謂有大功

列子說符篇同
荀子堯問篇
淮南道應訓
說苑敬慎篇

矣詩曰四方有羨我獨居憂民莫不穀我獨不敢
休
孫叔敖遇狐丘丈人狐丘丈人曰僕聞之有三利必
有三患子知之乎孫叔敖蹵然易容曰小子不敏
何足以知之敢問何謂三利何謂三患狐丘丈人
曰夫爵高者人妬之官大者主惡之祿厚者怨歸
之此之謂也孫叔敖曰不然吾爵益高吾志益下
吾官益大吾心益小吾祿益厚吾施益博可以免
於患乎狐丘丈人曰善哉言乎堯舜其猶病諸詩

說苑君道篇一

韓詩外傳 卷七 八

曰溫溫恭人如集于木惴惴小心如臨于谷

孔子曰明王有三懼一曰處尊位而恐不聞其過二曰得志而恐驕。三曰聞天下之至道而恐不能行。昔者越王句踐與吳戰大敗之兼有南夷當是之時君南面而立近臣三遠臣五令諸大夫曰聞過而不以告我者爲上戮此處尊位而恐不聞其過也。昔者晉文公與楚戰大勝之燒其草火三日不息文公退而有憂色侍者曰君大勝楚而有憂色何也文公曰吾聞能以戰勝安者惟聖人若夫詐

南面而立句訛說苑作辯其言說其義正月之朝令具太宰進之先祖桓公南面而立管仲隰朋東面而立

林少一句。

說苑復恩篇

王后苑作美人

勝之徒未嘗不危。吾是以憂也。此得志而恐驕也。

昔者齊桓公得管仲隰朋南面而立桓公曰吾得二子也。吾目加明吾耳加聰。不敢獨擅、進之先祖。此聞至道而恐不能行者也。由桓公晉文越王句踐觀之三懼者明君之務也詩曰溫溫恭人如集于木惴惴小心如臨于谷戰戰兢兢如臨深淵如履薄氷冰此言大王居人上也

楚莊王賜其羣臣酒日暮酒酣左右皆醉殿上燭滅有牽王后衣者后抡冠纓而絕之言於王曰今燭

韓詩外傳　卷七　九

說苑五令五獲首
却敵

滅有牽妾衣者妾扢其纓而絕之願趣火視絕纓者王曰止立出令曰與寡人飲不絕纓者不爲樂也於是冠纓無完者不知王后所絕冠纓者誰於是王遂與羣臣歡飲乃罷後吳興師攻楚有人常爲應行五合戰者五陷陣却敵遂取大軍之首而獻之王怪而問之曰寡人未嘗有異於子子何爲於寡人厚也對曰臣先殿上絕纓者也當時宜以肝膽塗地負日久矣未有所効今幸得用於臣之義尚可爲王破吳而彊楚詩曰有漼者淵萑葦渒渒

彊 沈

沈 毛無上五字
下有者字

言大者無不容也

傳曰伯奇孝而棄於親隱公慈而殺其弟叔武賢而殺於兄比干忠而誅於君詩曰予慎無辜

紂殺王子比干箕子被髮佯狂陳靈公殺泄冶鄧元去陳以族從自此之後殷并於周陳亾於楚以其殺比干泄冶而失箕子鄧元也燕昭王得郭隗鄒衍樂毅是以魏趙興兵而攻齊棲於莒燕之地計衆不與齊均也然所以信燕至於此者由得士也故無常安之國無宜治之民得賢者昌失賢者亾

自古及今未有不然者也明鏡者所以照形也往古者所以知今也知惡古之所以危亾而不務襲蹈其所以安存則未有以異乎却走而求逮前人也太公知之故舉微子之後而封比干之墓夫聖人之於賢者之後尚如是厚也而況當世之存者乎詩曰昊天太幠予慎無辜

宋玉因其友見楚襄王襄王待之無以異乃讓其友友曰夫薑桂因地而生不因地而辛女因媒而嫁不因媒而親子之事王未耳何怨於我宋玉曰不

與五卷中語同

約新序補五

新序棄我如遺

齊策四 國策作管燕陳饒作田需

然昔者齊有狻兔盡一日而走五百里使之瞻見指注雖良狗猶不及狻兔之塵若攝纓而縱紲之

則狻兔亦不能離世今子之屬臣也攝纓縱紲與

瞻見指注與詩曰將安將樂棄予作遺

如

宋燕相齊見逐罷歸之舍召門尉陳饒等二十六人曰諸大夫有能與我赴諸侯者乎陳饒等皆伏而不對宋燕曰悲乎哉何士大夫易得而難用也饒曰君弗能用也則有不平之心是失之己而責諸人也宋燕曰夫失諸己而責諸人者何陳饒曰三斗之稷不足於士而君鴈鶩有餘粟是君之一過

詩攷不載

也果園梨栗後宮婦人以相提擲士曾不得一嘗是君之二過也綾紈綺縠靡麗於堂從風而弊士曾不得以爲緣是君之三過也且夫財者君之所輕也死者士之所重也君不能行君之所輕而欲使士致其所重猶譬鈆刀畜之而干將用之不亦難乎宋燕面有慙色逡巡避席曰是燕之過也詩曰或以其酒不以其漿

傳曰善爲政者循情性之宜順陰陽之序通本末之理合天人之際如是則天氣奉養而生物豐美矣

說苑六作陽虎得罪於衛疑非也此魏文侯亦不與簡主同時 御覽六百三十二

說苑云堂上之人親却臣於君朝廷之吏親危臣於衆此脫簡今約爲補之

不知爲政者使情厭性使陰乘陽使末逆本使人詭天氣鞠而不信鬱而不宣如是則災害生怪異起羣生皆傷而年穀不熟是以其動傷德其靜亾救故緩者事之急者弗知日反理而欲以爲治詩曰廢爲殘賊莫知其尤

魏文侯之時子質仕而獲罪焉去而北游謂簡主曰從今已後而不復樹德於人矣簡主曰何以也質曰吾所樹堂上之士半吾所樹朝廷之大夫半吾所樹邊境之人亦半今堂上之士恐我以法邊境

陸士衡演連珠有柳莊黜殯語蓋因此兩事相連致誤

之人劫我以兵是以不樹德於人也簡主曰噫子之言過矣夫春樹桃李夏得陰其下秋得陰其實春樹蒺藜夏不可採其葉秋得其刺焉由此觀之在所樹也今子所樹非其人也故君子先擇而後種也詩曰無將大車惟塵冥冥

正直者順道而行順理而言公平無私不爲安肆志不爲危激行昔衛獻公出走反國及郊將班邑於從者而後入太史柳莊曰如皆守社稷則孰負羈縶而從如皆從則孰守社稷君反國而有私也無

大戴保傅篇

說苑臣道篇 家語困誓篇 荀子堯問篇

乃不可乎於是不班也栁莊正矣

昔者衛大夫史魚病且死謂其子曰我數言蘧伯玉之賢而不能進彌子瑕不肖而不能退爲人臣生不能進賢而退不肖死不當治喪正堂殯我於室足矣衛君問其故子以父言聞君造然召蘧伯玉而貴之而退彌子瑕從殯於正堂成禮而後去生以身諫死以尸諫可謂直矣詩曰靖共爾位好是正直

孔子閒居子貢侍坐請問爲人下之道奈何孔子曰

各本俱誤分

荀多其功而不息

雜言篇廿

說苑作鯢魚

善哉爾之問也爲人下其猶土乎子貢未達孔子曰夫土者掘之得甘泉焉樹之得五穀焉草木植焉鳥獸魚鼈遂焉生則立焉死則入焉多功不言賞世不絕故曰能爲下者其惟土乎子貢曰賜雖不敏請事斯語詩曰式禮莫愆

傳曰南假子過程本本爲之烹鱺魚南假子曰聞君子不食鱺魚本子曰此乃君子食也我何與焉假子曰夫高比所以廣德也下比所以狹行也比於善者自進之階比於惡者自退之原也且詩不云

說苑臣道篇二 家語賢君篇三

此有訛脫

又見卷九作戎山 家語致思篇不同 說苑指武篇但農山

下文同其願句一例

卷九語不同

乎高山仰止景行行止吾豈自比君子哉志慕之而已矣

子貢問大臣子曰齊有鮑叔鄭有子皮子貢曰否齊有管仲鄭有東里子產孔子曰產薦也子貢曰然則薦賢賢於賢曰知賢智也推賢仁也引賢義也有此三者又何加焉

孔子遊於景山之上子路子貢顏淵從孔子曰君子登高必賦小子願言者何其願丘將啓汝子路曰由願奮長戟盪三軍乳虎在後仇敵在前蠡躍蛟

毛本非 御同刻本

奮進救兩國之患孔子曰勇士哉子貢曰兩國搆難壯士列陣塵埃漲天賜不持一尺之兵一斗之糧解兩國之難用賜者存不用賜者亡孔子曰辯士哉顏回不願孔子曰回何不願顏淵曰二子已願故不敢願孔子曰不同意各有事焉回其願丘將啓汝顏淵曰願得小國而相之主以道制臣以德化君臣同心外內相應列國諸侯莫不從義嚮風壯者趨而進老者扶而至教行乎百姓德施乎四蠻莫不釋兵輻輳乎四門天下咸獲永寧蝖飛

詩攷作麃麃

釋文作曣晛聿消
曣晛日出也

北堂百九

蠕動各樂其性進賢使能各任其事於是君綏于上臣和於下垂拱無爲動作中道從容得禮言仁義者賞言戰鬬者死則由何進而救賜何難之解孔子曰聖士哉大人出小人匿聖者起賢者伏回與執政則由賜焉施其能哉詩曰雨雪瀌瀌見晛聿消

昔者孔子鼓瑟曾子子貢側門而聽曲終曾子曰嗟乎夫子瑟聲殆有貪狼之志邪僻之行何其不仁趨利之甚子貢以爲然不對而入夫子望見子貢

詩攷不載
毛作曰消

有諫過之色應難之狀釋瑟而待之子貢以曾子之言告子曰嗟乎夫參天下賢人也其習知音矣鄉者丘鼓瑟有鼠出游狸見於屋循梁微行造焉而避厭目曲脊求而不得丘以瑟淫其音參以丘爲貪狼邪僻不亦宜乎詩曰鼓鐘于宮聲聞于外

夫爲人父者必懷慈仁之愛以畜養其子撫循飲食以全其身及其有識也必嚴居正言以先導之及其束髮也授明師以成其技十九見志請賓冠之足以死其意血脈澄靜娉內以定之信承親授無

有所疑，冠子不言，髮子不答。聽其微諫，無令憂之，此爲人父之道也。詩曰：父兮生我，母兮鞠我，拊我畜我，長我育我，顧我復我，出入腹我。

二月五日閱撰，頃今日脫稿

十月

庚戌三月三日

韓詩外傳卷七終

廉稽說苑作諸發 奉使篇十二

說苑俗作禮

韓詩外傳卷八

越王句踐使廉稽獻民於荆王荆王使者曰越夷狄之國也臣請欺其使者荆王曰越王賢人也其使者亦賢子其慎之使者出見廉稽曰冠則得以俗見不冠不得見廉稽曰夫越亦周室之列封也不得處於大國而處江海之陂與魭鱣魚鼈爲伍文身翦髮而後處焉今來至上國必曰冠得俗見不冠不得見如此則上國使適越亦將劓墨文身翦髮而後得以俗見可乎荆王聞之披衣出謝孔子

曰使於四方不辱君命可謂士矣

人之所以好富貴安榮爲人所稱譽者爲身也惡貧賤危辱爲人所謗毀者亦爲身也然身何貴也莫貴於氣人得氣則生失氣則死其氣非金帛珠玉也不可求於人也非繒布五穀也不可糴買而得也在吾身耳不可不愼也詩曰既明且哲以保其身

吳人伐楚昭王去國國有屠羊說從行昭王反國賞從者及說說辭曰君失國臣所失者屠君反國臣

亦反其屠臣之祿旣厚又何賞之辭不受命君強之說曰君失國非臣之罪故不伏誅君反國非臣之功故不受其賞吳師入郢臣畏寇避患君反國說何事焉君曰不受則見之說對曰楚國之法商人欲見於君者必有大獻重質然後得見今臣智不能存國節不能效君勇不能待寇然見之非國法也遂不受命入于澗中昭王謂司馬子期曰有人於此居處甚約論議甚高爲我求之願爲兄弟請爲三公司馬子期舍車徒求之五日五夜見之

謂曰國危不救非仁也君命不從非忠也惡富貴
於上甘貧苦於下意者過也今君願爲兄弟請爲
三公不聽君何也說曰三公之位我知其貴於刀
俎之肆矣萬鍾之祿我知其富於屠羊之利矣今
見爵祿之利而忘辭受之禮非所聞也遂辭三公
之位而反乎屠羊之肆君子聞之曰甚矣哉屠羊
子之爲也約己持窮而處人之國矣說曰何謂窮
吾讓之以禮而終其國也曰在深淵之中而不援
彼之危見昭王德衰於吳而懷寶絕迹以病其國

欲獨全已者也是厚於已而薄於君猶乎非救世者也何如則可謂救世矣曰若申伯仲山甫可謂救世矣昔者周德大衰道廢於厲申伯仲山甫輔相宣王撥亂世反之正天下略振宗廟復興申伯仲山甫乃並順天下匡救邪失喻德教舉遺士海內翕然向風故百姓勃然詠宣王之德詩曰周邦咸喜戎有良翰又曰邦國若否仲山甫明之既明且哲以保其身夙夜匪懈以事一人如是可謂救世矣

說苑立節篇四

此即左傳之申蒯與其宰

說苑云僕夫之死也雖未能合義然亦有志士之意矣

崔杼弒莊公□將奔如荊蒯芮曰驅之將入死而報君某僕之 說苑補

齊崔杼弒莊公荊蒯邢芮使晉而反瞶說下同其僕曰君之無道

也四隣諸侯莫不聞也以夫子而死之不亦難乎

荊蒯芮曰善哉而言也早言我能諫諫而不用我

能去今既不諫又不去吾聞之食其食死其事吾

既食亂君之食又安得治君而死之遂驅車而入

死其事僕曰人有亂君猶必死之我有治長可無

死乎乃結轡自刎于車上君子聞之曰荊蒯芮可

謂守節死義矣僕夫則無爲死也猶飲食而遇毒

也詩曰夙夜匪懈以事一人荊先生之謂也易曰

此論過剛所引亦與本事無涉說苑引孟子曰勇士不忘喪其元庶爲持論之平矣

木白林無

莊十二年公羊傳 新序八

公羊無敬曰魯侯之美惡乎至惡音焉 此段從公羊出自當全與公羊同 此疑後人改之 序作爾魯曰 序作何如

不恒其德或承之羞僕夫之謂也
遯而直上也切次之謗諫爲下懦爲衆詩曰柔亦不
茹剛亦不吐
宋萬與莊公戰獲乎莊公莊公散舍諸宮中數月然
後歸之反爲大夫于宋宋萬與閔公博婦人皆在
側萬曰甚矣魯侯之淑魯侯之美也天下諸侯宜
爲君者惟魯侯耳閔公矜此婦人妬其言顧曰爾
虜焉知魯侯之美惡乎宋萬怒搏閔公絶脰仇牧
聞君弑趨而至遇之于門手劒而叱之萬臂擊仇

聲當至道 篇與此詩 全作叛

說苑辨物篇

牧碎其首齒著乎門闔仇牧可謂不畏強禦矣詩曰惟仲山甫柔亦不茹剛亦不吐

可於君不可於父孝子弗爲也可於父不可於君君子亦弗爲也故君不可奪親亦不可奪詩曰愷悌君子四方爲則

黃帝即位施惠承天一道脩德惟仁是行宇內和平未見鳳凰惟思其象夙寐晨興乃召天老而問之曰鳳象何如天老對曰夫鳳象鴻前麟後蛇頸而魚尾龍文而龜身燕頷而雞喙戴德負仁抱忠挾

義小音金大音鼓延頸奮翼五彩備明舉動八風氣應時雨食有質飲有儀往卽文始來卽嘉成惟鳳爲能通天祉應地靈律五音覽九德天下有道得鳳象之一則鳳過之得鳳象之二則鳳翔之得鳳象之三則鳳集之得鳳象之四則鳳春秋下之得鳳象之五則鳳沒身居之黃帝曰於戲允哉朕何敢與焉於是黃帝乃服黃衣戴黃冕致齋于宮鳳乃蔽日而至黃帝降于東階西面再拜稽首曰皇天降祉不敢不承命鳳乃止帝東國集帝梧桐

食帝竹實沒身不去詩曰鳳凰于飛翽翽其羽亦集爰止

魏文侯有子曰擊次曰訴訴少而立以嗣封擊中山三年莫往來其傅趙蒼唐曰父忘子子不可忘父何不遣使乎擊曰願之而未有所使也蒼唐曰臣請使擊曰諾於是乃問君之所好與所嗜曰君好北犬嗜晨鳫遂求北犬晨鳫賫行蒼唐至曰北蕃中山之君有北犬晨鳫使蒼唐再拜獻之文侯曰擊知吾好北犬嗜晨鳫也則見使者文侯曰擊無

恙乎蒼唐唯唯而不對三問而三不對文侯曰不對何也蒼唐曰臣聞諸侯不名君既已賜弊邑使得小國侯君問以名不敢對也文侯曰中山之君無恙乎蒼唐曰今者臣之來拜送於郊文侯曰中山之君長短若何矣蒼唐曰問諸侯比諸侯諸侯之朝則側者皆人臣無所比之然則所賜衣裘幾能勝之矣文侯曰中山之君亦可好乎對曰好詩文侯曰於詩何好曰好黍離與晨風文侯曰黍離何哉對曰彼黍離離彼稷之苗行邁靡靡中心搖

詩攷鷸見文選注五十一

搖知我者謂我心憂不知我者謂我何求悠悠蒼天此何人哉文侯曰怨乎曰非敢怨也時思也文侯曰晨風謂何對曰鴥彼晨風鬱彼北林未見君子憂心欽欽如何如何忘我實多於是文侯大悅曰欲知其子視其母欲知其君視其所使中山君不賢惡能得賢遂廢太子訢召中山君以爲嗣詩曰鳳凰于飛翽翽其羽亦集爰止藹藹王多吉士惟君子使媚于天子君子曰夫使非直敝車罷馬而已亦將喻誠信通氣志明好惡然後可使也

說苑政理篇及家語辨政篇三俱不甚同

苑家所友者十一人

苑家可以教孝矣此亦當有

家語 約說苑增

苑作所治者大其與堯舜繼矣

子賤治單父其民附孔子曰告丘之所以治之者對曰不齊時發倉廩振困窮補不足孔子曰是小人附耳未也對曰賞有能招賢才退不肖孔子曰是士附耳未也對曰所父事者三人所兄事者五人所友者十有二人所師者一人孔子曰所父事者三人所兄事者五人足以教弟矣（足以教孝矣）所友者十有二人足以祛壅蔽矣所師者一人足以慮無失策舉無敗功矣惜乎不齊為之大功乃與堯舜參矣（之所為者小也）詩曰愷悌君子民之父母子賤其似之矣

度地圖居以立國崇恩博利以懷衆明好惡以正法度率民力稼學校庠序以立教事老養孤以化民。升賢賞功以勸善懲奸絀失以醜惡講御習射以防患禁奸止邪以除害接賢連友以廣智宗親族附以益强詩曰愷悌君子

齊景公使人於楚楚王與之上九重之臺顧使者曰齊有臺若此乎使者曰吾君有治位之坐土階三等茅茨不翦樸椽不斲者猶以謂爲之者勞居之者泰吾君惡有臺若此者於是楚王蓋悒如也使

者可謂不辱君命其能專對矣
傳曰予小子使爾繼邵公之後受命者必以其祖命之孔子爲魯司寇命之曰宋公之子弗甫有孫魯孔丘命爾爲司寇孔子曰弗甫敦及厥辟將不堪公曰不妄傳曰諸侯之有德天子錫之一錫車馬再錫衣服三錫虎賁四錫樂器五錫納陛六錫朱戶七錫弓矢八錫鈇鉞九錫秬鬯詩曰釐爾圭瓚秬鬯一卣
齊景公謂子貢曰先生何師對曰魯仲尼曰仲尼賢

乎曰聖人也豈直賢哉景公嘻然而笑曰其聖何如子貢曰不知也景公悖然作色曰始言聖人今言不知何也子貢曰臣終身戴天不知天之高也終身踐地不知地之厚也若臣之事仲尼譬猶渴操壺杓就江海而飲之腹滿而去又安知江海之深乎景公曰先生之譽得無太甚乎子貢曰臣賜何敢甚言尚慮不及耳臣譽仲尼譬猶兩手捧土而附泰山其無益亦明矣使臣不譽仲尼譬猶兩手把泰山無損亦明矣景公曰善豈其然善豈其

悖毛本勃通作悖

把毛本杷

䭑音廉 穀梁傳作歉

首句訛

然詩曰綿綿翼翼不測不克

一穀不升謂之䭑二穀不升謂之饑三穀不升謂之饉四穀不升謂之荒五穀不升謂之大侵大侵之禮君食不兼味臺榭不飾道路不除百官補而不制鬼神禱而不祠此大侵之禮也詩曰我居御卒荒此之謂也

各本侵

古者天子爲諸侯受封謂之采地百里諸侯以三十里七十里諸侯以二十里五十里諸侯以十里其後子孫雖有罪而絀使子孫賢者守其地世世以

祠其始受封之君此之謂興滅國繼絶世也書曰
兹予享于先王爾祖其從享之
梁山崩晉君召大夫伯宗道逢輦者以其輦服其道
伯宗使其右下欲鞭之輦者曰君趨道豈不遠矣
不知事而行可乎伯宗喜問其居曰絳人也伯宗
曰子亦有聞乎曰梁山崩壅河顧三日不流是以
召子伯宗曰如之何曰天有山天崩之天有河天
壅之伯宗將如之何伯宗私問之曰君其率羣臣
素服而哭之既而祠焉河斯流矣伯宗問其姓名

弗告伯宗到君問伯宗以其言對於是君素服率羣臣而哭之既而祠焉河斯流矣君問伯宗何以知之伯宗不言受輦者詐以自知孔子聞之曰伯宗其無後攘人之善詩曰天降喪亂滅我立王又曰畏天之威于時保之

晉平公使范昭觀齊國之政景公錫之宴晏子在前范昭趨曰願君之倅樽以為壽景公顧左右曰酌寡人樽獻之客晏子對曰徹去樽范昭不說起舞顧太師曰子為我奏成周之樂願舞太師對曰盲

御覽三百廿二引 折衝樽俎

臣不習范昭起出門景公謂晏子曰夫晉天下大國也使范昭來觀齊國之政今子怒大國之使者將奈何晏子曰范昭之爲人也非陋而不知禮也是欲試吾君嬰故不從於是景公召太師而問之曰范昭使子奏成周之樂何故不調對如晏子於是范昭歸報平公曰齊未可并也吾試其君晏子知之吾犯其樂太師知之孔子聞之曰善乎晏子不出俎豆之閒折衝千里詩曰實右序有周薄言震之莫不震疊

據下文則司馬當在司空前尚書大傳作司徒司馬司空爲次而語亦不同 北堂抄司空司徒司馬下同此 劉昭注百官志司馬在司空前

章懷注後漢郎顗傳作崩絕亦疑誤似當作陁。 北堂亦作山崩絕五十下訛

三公者何曰司空司馬司徒也司馬主天司空主土司徒主人故陰陽不和四時不節星辰失度災變非常則責之司馬山陵崩竭川谷不流五穀不植草木不茂則責之司空君臣不正人道不和國多盜賊下怨其上則責之司徒故三公典其職憂其分舉其辯明其隱此三公之任也詩曰濟濟多士文王以寧又曰明昭有周式序在位言各稱職也

夫賢君之治也溫良而和寬容而愛刑清而省喜賞而惡罰移風崇教生而不殺布惠施恩仁不偏與

不奪民力、役不踰時、百姓得耕、家有收聚、民無凍餒、食無腐敗、士不造無用、雕文不粥于肆、斧斤以時入山林、國無佚士、皆用於世、黎庶歡樂、衍盈方外、遠人歸義、重譯執贄、故得風雨不烈、小雅曰、有渰萋萋、興雲祁祁、以是知太平無飄風暴雨明矣、

昨日何生、今日何成、必念歸厚、必念治生、日慎一日、完如金城、詩曰、我日斯邁、而月斯征、夙興夜寐、無忝爾所生、

官怠於有成、病加於小愈、禍生於懈惰、孝衰於妻子、

荀子大略篇不同
家語困誓篇不同

察此四者。慎終如始。易曰小狐汔濟濡其尾詩曰
靡不有初鮮克有終
孔子燕居子貢攝齊而前曰弟子事夫子有年矣才竭而智罷振於學問不能復進請一休焉孔子曰賜也欲焉休乎曰賜欲休於事君孔子曰詩云夙夜匪懈以事一人爲之若此其不易也若之何其休也曰賜欲休於事父孔子曰詩云孝子不匱永錫爾類爲之若此其不易也如之何其休也曰賜欲休於事兄弟孔子曰詩云妻子好合如鼓瑟琴兄

各本無欲字

弟既畲和樂且耽為之若此其不易也如之何其休也曰賜欲休於耕田孔子曰詩云晝爾于茅宵爾索綯亟其乘屋其始播百穀為之若此其不易也若之何其休也子貢曰君子亦有休乎孔子曰闔棺兮乃止播兮不知其時之易遷兮此之謂君子所休也故學而不已闔棺乃止詩曰日就月將言學者也

魯哀公問冉有曰凡人之質而已將必學而後為君子乎冉有對曰臣聞之雖有良玉不刻鏤則不成

沈　通作畊

毛及各本作播耳

器。雖有美質。不學則不成君子。曰何以知其然也夫子路卞之野人也子貢衛之賈人也皆學問於孔子遂爲天下顯士諸侯聞之莫不尊敬卿大夫聞之莫不親愛學之故也昔吳楚燕代謀爲一舉而欲伐秦桃賈監門之子也爲秦往使之遂絕其謀止其兵及其反國秦王大悅立爲上卿夫百里奚齊之乞者也逐於齊西無以進自賣五羊皮爲一軛車見秦繆公立爲相遂霸西戎太公望少爲人壻老而見去屠牛朝歌賃於棘津釣於磻溪文王舉而用之封於齊管仲親射桓公遂除報讐之心立以爲相存亾繼絕九合諸侯一匡天下此四子者皆甞卑賤窮辱矣然其名聲馳於後世豈非學問之所致乎由此觀之士必學問然後成君子詩曰日就月將於是哀公喟然而笑曰寡人雖不敏請奉先生之教矣

說苑建本篇　家語六本篇

從說苑本補

曾子有過曾晳引杖擊之仆地有閒乃蘇起曰先生得無病乎魯人賢曾子以告夫子夫子告門人參來汝不聞昔者舜爲人子乎小箠則待笞大杖則

勿内也曾子自以無罪使人謝夫子夫子曰

說苑家語汝非天子之民耶殺天子之民其罪莫如

列女傳作晉繁人之女當平公之時

列女傳騂作燕河作阿

御三百四十七

逃索而使之未嘗不在側索而殺之未嘗可得今汝委身以待暴怒拱立不去非王者之民其罪何如詩曰優哉柔哉亦是戾矣又曰載色載笑匪怒伊教

齊景公使人爲弓三年乃成景公得弓而射不穿三札景公怒將殺弓人弓人之妻往見景公曰蔡人之子弓人之妻也此弓者太山之南烏號之柘騂牛之角荊麋之筋河魚之膠也四物者天下之練材也不宜穿札之少如此且妾聞奚公之車不能

毛三札沈同列女傳作一札此下云不宜穿札如此之少則此當作二札

御六百四十一

列女傳作左手如拒、右手若附枝、無掌若以下十字、

獨走莫邪雖利不能獨斷必有以動之夫射之道在手若附枝掌若握卵四指如斷短杖右手發之左手不知此蓋射之道景公以爲儀而射之穿七札蔡人之夫立出矣詩曰好是正直

齊有得罪於景公者景公大怒縛置之殿下召左右肢解之敢諫者誅晏子左手持頭右手磨刀仰而問曰古者明王聖主其肢解人不審從何肢解始也景公離席曰縱之罪在寡人詩曰好是正直

傳曰居處齊則色姝食飲齊則氣珍言語齊則信聽

御覽四百三

此論不足恃非指不同德頑傲與誅放伐不相倫當從御覽爲是雖拘字無效兄弟互易然諸子之說相類異者多矣未可以習見之文而强使之皆合一也

思齊則成志齊則盈五者齊斯神居之詩曰旣和且平依我磬聲

魏文侯問狐卷子曰父賢足恃乎對曰不足子賢足恃乎對曰不足兄賢足恃乎對曰不足弟賢足恃乎對曰不足臣賢足恃乎對曰不足文侯勃然作色而怒曰寡人問此五者於子一以爲不足者何也對曰父賢不過堯而丹朱放子賢不過舜而瞽瞍頑兄賢不過舜而象傲弟賢不過周公而管叔誅臣賢不過湯武而桀紂伐望人者不至恃人者

各本二

此與何休注公羊隱五年傳畧同唯聞徵聲則使人整齊而好禮聞羽聲則使人樂養而好施不同　白虎通又異

不久君欲治從身始人何可恃乎詩曰自求伊祜

湯作頀聞其宮聲使人溫良而寬大聞其商聲使人方廉而好義聞其角聲使人惻隱而愛仁聞其徵聲使人樂養而好施聞其羽聲使人恭敬而好禮詩曰湯降不遲聖敬日躋

孔子曰易先同人後大有承之以謙不亦可乎故天道虧盈而益謙地道變盈而流謙鬼神害盈而福謙人道惡盈而好謙謙者抑事而損者也持盈之道抑而損之此損德之於行也順之者吉逆之者

各本濩

凶五帝既沒三王既衰能行謙德者其惟周公乎文王之子武王之弟成王之叔父假天子之尊位七年所執贄而師見者十人所還質而友見者十三人窮巷白屋之士所先見者四十九人時進善者百人宮朝者千人諫臣五人輔臣五人拂臣六人載干戈以至於封侯而同姓之士百人孔子曰猶以周公爲天下賞則以同族爲衆而異族爲寡也故德行寬容而守之以恭者榮土地廣大而守之以儉者安位尊祿重而守之以卑者貴人衆兵

李善注東武吟引
御四百八十六

强而守之以畏者勝聰明睿智而守之以愚者哲博聞强記而守之以淺者不溢此六者皆謙德也易曰謙亨君子有終吉能以此終吉者君子之道也貴爲天子富有四海而德不謙以亾其身者桀紂是也而況衆庶乎夫易有一道焉大足以治天下中足以安家國近足以守其身者其惟謙德乎詩曰湯降不遲聖敬日躋

昔者田子方出見老馬於道喟然有志焉以問於御者曰此何馬也曰故公家畜也罷而不爲用故出

後漢七十四上袁紹傳注引

放也田子方曰少盡其力而老去其身仁者不爲也束帛而贖之窮士聞之知所歸心矣詩曰湯降不遲聖敬日躋

齊莊公出獵有螳蜋舉足將搏其輪問其御曰此何蟲也御曰此是螳蜋也其爲蟲知進而不知退不量力而輕就敵莊公曰以爲人必爲天下勇士矣於是迴車避之而勇士歸之詩曰湯降不遲聖敬日躋

魏文侯問李克曰人有惡乎李克曰有夫貴者則賤

者惡之富者則貧者惡之智者則愚者惡之文侯曰善行此三者使人勿惡亦可乎李克曰可臣聞貴而下賤則衆弗惡也富而分貧則窮士弗惡也智而教愚則童蒙者弗惡也文侯曰善哉言乎堯舜其猶病諸寡人雖不敏請守斯語矣詩曰不遑啓處

有鳥於此架巢於葭葦之顛天喟然而風則葭折而巢壞何其所托者弱也稷蜂不攻而社鼠不薰非以稷蜂社鼠之神其所托者善也故聖人求賢者

以輔夫吞舟之魚大矣蕩而失水則爲螻蟻所制失其輔也故曰不明爾德時無背無側爾德不明

前作信五

以無陪無卿

二月八日燈下閱日間自書進呈冊一舉筆而即誤衰之驗也

乙巳十月

庚戌三月七日閱苦目多淚

韓詩外傳卷八終

韓詩外傳　卷八

御覽四百十二作母悔失言

韓詩外傳卷九

孟子少時誦，其母方織，孟子輟然中止，乃復進，其母知其諠也，呼而問之曰：「何為中止？」對曰：「有所失，復得。」其母引刀裂其織，以此誡之。自是之後，孟子不復諠矣。孟子少時，東家殺豚，孟子問其母曰：「東家殺豚何為？」母曰：「欲啖汝。」其母自悔而言曰：「吾懷姙是子，席不正不坐，割不正不食，胎教之也。今適有知而欺之，是教之不信也。」乃買東家豚肉以食之，明不欺也。詩云：「宜爾子孫繩繩兮。」言賢母使子賢也。

失

各本無下子字

田子爲相三年歸休得金百鎰奉其母母曰子安得此金對曰所受俸祿也母曰爲相三年不食乎治官如此此非吾所欲也孝子之事親也盡力致誠不義之物不入於館爲人子不可不孝也子其去之田子愧慙走出造朝還金退請就獄王賢其母說其義卽舍田子罪令復爲相以金賜其母詩曰宜爾子孫繩繩兮言賢母使子賢也

孔子行聞哭聲甚悲孔子曰驅驅前有賢者至則皋魚也被褐擁鎌哭於道傍孔子辟車與之言曰子

御四百八十七

後漢桓榮傳注引此作往而不可追者年也去而不見者親也

吾字衍荀子子道篇無

非有喪何哭之悲也臯魚曰吾失之三矣少而學游諸侯以後吾親失之一也高尚吾志閒吾事君失之二也與友厚而小絶之失之三也樹欲靜而風不止子欲養而親不待也往而不可得見者親也吾請從此辭矣立槁而死孔子曰弟子誡之足以識矣於是門人辭歸而養親者十有三人子路曰有人於斯夙興夜寐手足胼胝而面目黧黑樹藝五穀以事其親而無孝子之名者何也孔子曰吾意者身未敬邪色不順邪辭不遜邪古人有言

兩既事無成

少攫吏遊諸侯親歿而老無所就

追者年也去而不復可

反者年也逝而不可追者

各本三矣

可分

廿之七

荀子衣與繆與不女聊楊倞注云韓詩外傳作衣予教予案今本與楊見之本不同然即字當作聊賴也

說苑尊賢篇

呂氏本味篇

世說傷逝篇注引志在流水句上有莫景之間四字

曰衣歟食歟曾不爾即子勞以事其親無此三者何爲無孝之名意者所友非仁人邪坐語汝雖有國士之力不能自舉其身非無力也勢不便也是以君子入則篤孝出則友賢何爲其無孝子之名詩曰父母孔邇

伯牙鼓琴鍾子期聽之方鼓琴志在山鍾子期曰善哉鼓琴巍巍乎如太山志在流水鍾子期曰善哉鼓琴洋洋乎若江河鍾子期死伯牙擗琴絕絃終身不復鼓琴以爲世無足與鼓琴也非獨琴如此

賢者亦有之苟非其時則賢者將奚由得遂其功哉

秦攻魏破之少子亡而不得令魏國曰有得公子者賜金千斤匿者罪至十族公子乳母與俱亡人謂乳母曰得公子者賞甚重乳母當知公子處而言之乳母應之曰我不知其處雖知之死則死不可以言也爲人養子不能隱而言之是畔上畏死吾聞忠不畔上勇不畏死凡養人子者生之非務殺之也豈可見利畏誅之故廢義而行詐哉吾不能

列女傳矢著身者數十與公子俱死

生而使公子獨死矣遂與公子俱逃澤中秦軍見而射之乳母以身蔽之著十二矢遂不令中公子秦王聞之饗以太牢且爵其兄爲大夫詩曰我心匪石不可轉也

子路曰人善我我亦善之人不善我我不善之子貢曰人善我我亦善之人不善我我則引之進退而已耳顏回曰人善我我亦善之人不善我我亦善之三子所持各異問於夫子夫子曰由之所言蠻貊之言也賜之所言朋友之言也回之所言親屬

持

沈　毛本所持

詩攷兩

新序六

晏子外篇上

孫云三字當有君則下云云無根矣

之言也。詩曰：人之無良，我以爲兄。（而）

齊景公縱酒醉，而解衣冠，鼓琴以自樂，顧左右曰：仁人亦樂此乎？左右曰：仁人耳目猶人，何爲不樂乎？景公曰：駕車以迎晏子。晏子聞之，朝服而至。（請去禮序）景公曰：今者寡人此樂，願與大夫同之。晏子曰：君言過矣！自齊國五尺已上，力皆能勝嬰與君，所以不敢者，畏禮也。故自天子無禮，則無以守社稷；諸侯無禮，則無以守其國；爲人上無禮，則無以使其下；爲人下無禮，則無以事其上；大夫無禮，則無以治其家兄弟無禮則不同居人而無禮不若遄死景公色媿離席而謝曰寡人不仁無良左右淫湎寡人以至於此請殺左右以補其過晏子曰左右無過君好禮則有禮者至無禮者去君惡禮則無禮者至有禮者去左右何罪乎景公曰善哉乃更衣而坐觴酒三行晏子辭去景公拜送詩曰人而無禮胡不遄死

傳曰堂衣若扣孔子之門曰丘在乎丘在乎子貢應之曰君子尊賢而容衆嘉善而矜不能親內及外

己所不欲勿施於人子何言吾師之名焉堂衣若曰子何年少言之絞子貢曰大車不絞則不成其任琴瑟不絞則不成其音子之言絞是以絞之也堂衣若曰吾始以鴻之力今徒翼耳子貢曰非鴻之力安能舉其翼詩曰如切如磋如琢如磨

齊景公出弋昭華之池顔鄧聚主鳥而亡之景公怒而欲殺之晏子曰夫鄧聚有死罪四請數而誅之景公曰諾晏子曰鄧聚爲吾君主鳥而亡之是罪一也使吾君以鳥之故而殺人是罪二也使四國

御四百八十二

韓非子外儲說左下篇作舉邢伯柳爲上黨守

祁奚忌讎言而舉解狐狐又能忘讎言而舉荆伯柳氣類相感乃如此

諸侯聞之以吾君重鳥而輕士是罪三也天子聞之必將貶絀吾君危其社稷絶其宗廟是罪四也此四罪者故當殺無赦臣請加誅焉景公曰止此亦吾過矣願夫子爲寡人敬謝焉詩曰邦之司直

魏文侯問於解狐曰寡人將立（定）西河之守誰可用者解狐對曰荆伯柳者賢人殆可文侯將以荆伯柳爲西河守荆伯柳問左右誰言我於吾君左右皆曰解狐荆伯柳往見解狐而謝之曰子乃寬臣之過也言於君謹再拜謝解狐曰言子者公也怨子

[illegible]是非子之讎也對曰君問可非問讎也於是夫

呂氏貴當篇二十四
新序五

者吾私也公事已行怨子如故張弓射之走十步而沒可謂勇矣詩曰邦之司直

楚有善相人者所言無遺美聞於國中莊王召見而問焉對曰臣非能相人也能相人之友者也觀布衣者其友皆孝悌篤謹畏令如此者家必日益而身日安此所謂吉人者也觀事君者其友皆誠信有行好善如此者措事日益官職日進此所謂吉臣者也人主朝臣多賢左右多忠主有失敗皆交爭正諫如此者國日安主日尊名聲日顯此所謂

吉主者也臣非能相人也觀友者也王曰善其所以任賢使能而霸天下者始遇之於是也詩曰彼已之子邦之彥兮

孔子出遊少源之野有婦人中澤而哭其音甚哀孔子使弟子問焉曰夫人何哭之哀婦人曰鄉者刈蓍薪亡吾蓍簪吾是以哀也弟子曰刈蓍薪而亡蓍簪有何悲焉婦人曰非傷忘簪也蓋不忘故也

傳曰君子之聞道入之於耳藏之於心察之以仁守之以信行之以義出之以遜故人無不虛心而聽

卷七作景山　子路在前　他書皆同　家語致思篇

也。小人之聞道。入之於耳。出之於口。苟言而已。譬
如飽食而嘔之。其不惟肌膚無益。而於志亦戾矣。
詩曰胡能有定
孔子與子貢子路顏淵游於戎山之上孔子喟然嘆
曰二三子各言爾志予將覽焉由爾何如對曰得
白羽如月。赤羽如日。擊鐘鼓者上聞於天下槊於
地。使將而攻之。惟由爲能。孔子曰勇士哉。賜爾何
如對曰得素衣縞冠使於兩國之間。不持尺寸之
兵。升斗之糧。使兩國相親如弟兄。孔子曰辯士哉。

再見

各本如此

回爾何如對曰鮑魚不與蘭茝同笥而藏桀紂不與堯舜同時而治二子已言回何言哉孔子曰回有鄙之心顏淵曰願得明王聖主爲之相使城郭不治溝池不鑿陰陽和調家給人足鑄庫兵以爲農器孔子曰大士哉由來區區汝何攻賜來便便汝何使願得之冠爲子宰焉賢士不以恥食不以辱得老子曰名與身孰親身與貨孰多得與亡孰病是故甚愛必大費多藏必厚亡知足不辱知止不殆可以長久大成若缺其用不敝大盈若沖其

毛本分段

列女傳將入門下有問孰存三字

用不窮大直若詘大辯若訥大巧若拙其用不屈

罪莫大於多欲禍莫大於不知足故知足之足常

足矣

孟子妻獨居踞孟子入戶視之白其母曰婦無禮請

去之母曰何也曰踞其母曰何知之孟子曰我親

見之母曰乃汝無禮也非婦無禮禮不云乎將入

門將上堂聲必揚將入戶視必下不掩人之備也

今汝往燕私之處入戶不有聲令人踞而視之是

汝之無禮也非婦無禮也於是孟子自責不敢去

婦詩曰采葑采菲無以下體

孔子出衛之東門逆姑布子卿曰二三子引車避有人將來必相我者也志之姑布子卿亦曰二三子引車避有聖人將來孔子下步姑布子卿迎而視之五十步從而望之五十步顧子貢曰是何爲者也子貢曰賜之師也所謂魯孔丘也姑布子卿曰是魯孔丘歟吾固聞之子貢曰賜之師何如姑布子卿曰得堯之顙舜之目禹之頸皐陶之喙從前視之盎盎乎似有王者。從後視之高肩弱脊此惟不及四聖者也子貢吁然姑布子卿曰子何患焉汙面而不惡葭喙而不藉遠而望之羸乎若喪家之狗子何患焉子何患焉子貢以告孔子孔子無所辭獨辭喪家之狗耳曰丘何敢乎子貢曰汙面而不惡葭喙而不藉賜以知之矣不知喪家狗何足辭也子曰賜汝獨不見夫喪家之狗歟既斂而椁布器而祭顧望無人意欲施之上無明王下無賢士方伯王道衰政教失强陵弱衆暴寡百姓縱心莫之綱紀是人圖以丘爲欲當之者也丘何敢

毛本汙下同

乎。

脩身不可不慎也。嗜慾侈則行虧。讒毀行則害成。患生於忿怒。禍起於纖微。汙辱難湔灑。敗失不復追。不深念遠慮。後悔何益。徼幸者伐性之斧也。嗜慾者逐禍之馬也。謾誕者趨禍之路也。毀於人者困窮之舍也。是故君子不徼幸節嗜慾務忠信無毀於一人。則名聲尚尊稱爲君子矣。詩曰何其處也必有與也

君子之居也綏如安裘晏如覆杅天下有道則諸侯

畏之天下無道則庶人易之非獨今日自古亦然
昔者范蠡行遊與齊屠地居奄忽龍變仁義沈浮
湯湯慨慨天地同憂故君子居之安得自若詩曰
心之憂矣其誰知之
田子方之魏魏太子從車百乘而迎之郊太子再拜
謁田子方田子方不下車太子不說曰敢問何如
則可以驕人矣田子方曰吾聞以天下驕人而亡
者有矣由此觀之則貧賤可以驕人矣夫志不得
則授履而適秦楚耳安往而不得貧賤乎於是太

子再拜而後退田子方遂不下車

戴晉生敝衣冠而往見梁王梁王曰前日寡人以上

大夫之祿要先生先生不留今過寡人邪戴晉生

欣然而笑仰而永嘆曰嗟乎由此觀之君曾不足

與遊也君不見大澤中雉乎五步一噣終日乃飽

羽毛悅澤光照於日月奮翼爭鳴聲響於陵澤者

何彼樂其志也援置之囷倉中常噣梁粟不旦時

而飽然猶羽毛憔悴志氣益下低頭不鳴夫食豈

不善哉彼不得其志故也今臣不遠千里而從君

當作昕

光　毛本犂

列女傳二作於陵子終之妻

渚宮舊事亦作[illegible]

遊者豈食不足竊慕君之道耳臣始以君爲好士天下無雙乃今見君不好士明矣辭而去終不復往

楚莊王使使齎金百斤聘北郭先生先生曰臣有箕箒之使願入計之卽謂婦人曰楚欲以我爲相今日相卽結駟列騎食方丈於前如何婦人曰夫子以織屨爲食食粥毚履無怵惕之憂者何哉與物無治也今如結駟列騎所安不過容膝食方丈於前所甘不過一肉以容膝之安一肉之味而殉楚

選注五十一

秦本紀作內史廖說苑反質篇同

國之憂其可乎於是遂不應聘與婦去之詩曰彼
美淑姬可與晤言
傳曰昔戎將由余使秦秦繆公問以得失之要對曰
古有國者未嘗不以恭儉也失國者未嘗不以驕
奢也由余因論五帝三王之所以衰及至布衣之
所以亡繆公然之於是告內史王繆曰鄰國有聖
人敵國之憂也由余聖人也將奈之何王繆曰夫
戎王居僻陋之地未嘗見中國之聲色也君其遺
之女樂以婬其志亂其政其臣下必疏因爲由余

毛淫下同
通據

秦紀作二八說苑三九年

說苑作穆公迎而拜爲上卿

韓安國傳作幷國十四

請緩期使其君臣有閒然後可圖繆公曰善乃使王繆以女樂二列遺戎王爲由余請期戎王大悅許之於是張酒聽樂日夜不休終歲婬縱卒馬多死由余歸數諫不聽去之秦秦公子迎拜之上卿遂幷國十二辟地千里

子夏過曾子曾子曰入食子夏曰不爲公費乎曾子曰君子有三費飲食不在其中君子有三樂鐘磬琴瑟不在其中子夏曰敢問三樂曾子曰有親可畏有君可事有子可遺此一樂也有親可諫有君

可去有子可怒此二樂也有君可喻有友可助此三樂也子夏曰敢問三費曾子曰少而學長而忘此一費也事君有功而輕負之此二費也久交友而中絕之此三費也子夏曰善哉謹身事一言愈於終身之誦而事一士愈於治萬民之功夫人不可以不知也吾嘗蓾焉吾田朞歲不收土莫不然何況於人乎與人以實雖疏必密與人以虛雖戚必疏夫實之與實如膠如漆虛之與虛如薄氷之見晝日君子可不留意哉詩曰神之聽之終和且

晏子外篇下謂見其妻非

御覽九百二十二

平

晏子之妻使人布衣紵表田無宇譏之曰出於室何爲者也晏子曰家臣也田無宇曰位爲中卿食田七十萬何用是人爲畜之晏子曰棄老取少謂之瞽貴而忘賤謂之亂見色而說謂之逆吾豈以逆亂瞽之道哉

夫鳳凰之初起也翾翾十步之雀喔咿而笑之及其升於高一詘一信展而雲間藩木之雀超然自知不及遠矣士褐衣縕著未嘗完也糲藿之食未嘗

飽也世俗之士即以爲羞耳及其出則安百議用則延民命世俗之士超然自知不及遠矣詩曰正是國人胡不萬年

齊王厚送女欲妻屠牛吐屠牛吐辭以疾其友曰子終死腥臭之肆而已乎何爲辭之吐應之曰其女醜其友曰子何以知之吐曰以吾屠知之其友曰何謂也吐曰吾肉善而去若少耳吾肉不善雖以吾附益之尚猶賈不售令厚送子子醜故耳其友後見之果醜傳曰目如擗杏齒如編貝

傳曰孔子過康子子張子夏從孔子入坐二子相與論終日不决子夏辭氣甚隘顏色甚變子張曰子亦聞夫子之議論邪徐言誾誾威儀翼翼後言先默得之推讓巍巍乎蕩蕩乎道有歸矣小人之論也專意自是言人之非瞋目搤腕疾言噴口沸目赤一幸得勝疾笑嗌嗌威儀固陋辭氣鄙俗是以君子賤之也

初八夜又閱一卷

韓詩外傳卷九終

庚戌三月八日校

韓詩外傳　卷九　十四

晏子春秋諫上作景
新序四

韓詩外傳卷十

齊桓公逐白鹿至麥丘之邦遇人曰何謂者也對曰臣麥丘之邦人桓公曰叟年幾何對曰臣年八十有三矣桓公曰美哉與之飲曰叟盍為寡人壽也對曰野人不知為君王之壽桓公曰盍以叟之壽祝寡人矣邦人奉觴再拜曰使吾君固壽金玉之賤人民是寶桓公曰善哉祝乎寡人聞之矣至德不孤善言必再叟盍優之邦人奉觴再拜曰使吾君好學士而不惡問賢者在側諫者得入桓公曰

善哉祝乎寡人聞之至德不孤善言必三叟盍優
之邦人奉觴再拜曰無使羣臣百姓得罪於吾君
無使吾君得罪於羣臣百姓桓公不說曰此言者
非夫前二言之祝叟其革之矣邦人潸然而涕下
曰願君熟思之此一言者夫前二言之上也臣聞
子得罪於父可因姑姊妹謝也父乃赦之臣得罪
於君可使左右謝也君乃赦之昔者桀得罪於臣
也至今未有爲謝也桓公曰善哉寡人賴宗廟之
福社稷之靈使寡人遇叟於此扶而載之自御以

歸薦之於廟而斷政焉桓公之所以九合諸侯一匡天下不以兵車者非獨管仲也亦遇之於是詩曰濟濟多士文王以寧

鮑叔薦管仲曰臣所不如管夷吾者五寬惠柔愛臣弗如也忠信可結於百姓臣弗如也制禮約法於四方臣弗如也決獄折中臣弗如也執枹鼓立於軍門使士卒勇臣弗如也詩曰濟濟多士文王以寧

晉文公重耳亡過曹里鳧須從因盜重耳資而亡重

耳無糧餒不能行子推割股肉以食重耳然後能行及重耳反國國中多不附重耳者於是里鳧須造見曰臣能安晉國文公使人應之曰子尚何面目來見寡人欲安晉也里鳧須曰君沐邪使者曰否鳧須曰臣聞沐者其心倒心倒者其言悖今君不沐何言之悖也使者以聞文公見之里鳧須仰首曰離國久臣民多過君君反國而民皆自危里鳧須又襲竭君之資避於深山而君以餒介子推割股天下莫不聞臣之爲賊亦大矣罪至十族未

足塞責然君誠赦之罪與驂乘遊於國中百姓見之必知不念舊惡人自安矣於是文公大悅從其計使驂乘於國中百姓見之皆曰夫里鳧須且不誅而驂乘吾何懼也是以晉國大寧故書云文王卑服即康功田功若里鳧須罪無赦者也詩曰濟濟多士文王以寧

傳曰言爲王之不易也大命之至其太宗太史太祝斯素服執策北面而弔乎天子曰大命既至矣如之何憂之長也授天子策一矣曰敬享以祭永王

天命畏之無疆厥躬無敢寧授天子策二矣曰敬之夙夜伊祝厥躬無怠萬民望之授天子策三矣曰天子南面授於帝位以治爲憂未以位爲樂也詩曰天難忱斯不易惟王

君子溫儉以求於仁恭讓以求於禮得之自是不得自是故君子之於道也猶農夫之耕雖不獲年之優無以易也太王亶甫有子曰太伯仲雍季歷歷有子曰昌太王賢昌而欲季爲後也太伯去之吳太王將死謂曰我死汝往讓兩兄彼即不來汝有

義而安太王薨季之吳告伯仲伯仲從季而歸羣
臣欲伯之立季季又讓伯謂仲曰今羣臣欲我立
季季又讓何以處之仲曰刑有所謂矣要於扶微
者可以立季季遂立而養文王文王果受命而王
孔子曰太伯獨見王季獨知伯見父志季知父心
故太王太伯王季可謂見始知終而能承志矣詩
曰自太伯王季惟此王季因心則友則友其兄則
篤其慶載錫之光受祿無喪奄有四方此之謂也
太伯反吳吳以爲君至夫差二十八世而滅

史記田齊世家作齊威王

水字有字衍

史作盼　各本同　沈盼

史作從　七千

齊宣王與魏惠王會田于郊魏王曰亦有寶乎齊王曰無有魏王曰若寡人之小國也尚有徑寸之珠照車前後十二乘者十枚奈何以萬乘之國無寶乎齊王曰寡人之所以爲寶與王異吾臣有檀子者使之守南城則楚人不敢爲寇泗水上有十二諸侯皆來朝吾臣有盻子者使之守高唐則趙人不敢東漁於河吾臣有黔夫者使之守徐州則燕人祭北門趙人祭西門從而歸之者十千餘家吾臣有種首者使之備盜賊而道不拾遺吾將以照

御覽三百又七十
吳越春秋作椒丘訢
吳越春秋所紀為近理

千里之外豈特十二乘哉魏王慙不懌而去詩曰
辭之懌矣民之莫矣
東海有勇士曰菑丘訢以勇猛聞於天下遇神淵曰
飲馬其僕曰飲馬於此者馬必死曰以訢之言飲
之其馬果沈菑丘訢去朝服拔劍而入三日三夜
殺三蛟一龍而出雷神隨而擊之十日十夜眇其
左目要離聞之往見之曰訢在乎曰送有喪者往
見訢於墓曰聞雷神擊子十日十夜眇子左目夫
天怨不全日人怨不旋踵至今弗報何也叱而去

毛本東
沈毛

脫文戲爲補之

墓上振憤者不可勝數要離歸謂門人曰菑丘訢天下之勇士也今日我辱之人中是其必來攻我暮無閉門寢無閉戶菑丘訢果夜來拔劍住要離頸曰子有死罪三辱我以人中死罪一也暮不閉門死罪二也寢不閉戶死罪三也要離曰子待我一言來謁不肖一也拔劍不刺不肖二也刃先辭後不肖三也能殺我者是毒藥之死耳菑丘訢引劍而去曰嘻所不若者天下惟此子爾傳曰公子目夷以辭得國今要離以辭得身言不可不文猶

子有三不肖之愧答暮

拄

以當作於

說苑奉使篇魏文侯使舍人毋擇獻鵠於齊
攫笞笞疑籠也攫當卽攫字說苑作空籠

與苑不同

虢字當重史記侯世子作虢太子
說苑辨物篇宮下有門字

若此乎詩曰辭之懌矣民之莫矣
傳曰齊使使獻鴻于楚鴻渴使者道飲鴻攫笞潰失使者遂之楚曰齊使臣獻鴻鴻渴道飲攫笞潰失臣欲亡爲失兩君之使不通欲拔劍而死人將以吾君賤士貴鴻也攫笞在此願以汙事楚王賢其言辯其詞因留而賜之終身以爲上客故使者必矜文辭喻誠信明氣志解結申屈然後可使也詩曰辭之懌矣民之莫矣
扁鵲過虢侯世子暴病而死扁鵲造宮曰吾聞國中

說苑作趙 趙王太子 疾

治當作活　苑作能活太子

弟當是茅之訛　説苑作苗父

史作俞跗　説苑作俞柎

搦按也晉語説苑作搦腦髓史記搦髓腦皆从手此與下芷草相對成文則從木爲是音溺

卒有壤土之事得無有急乎曰世子暴病而死扁鵲曰入言鄭醫秦越人能治（活）之庶子之好方者出應之曰吾聞上古醫曰弟父弟父之爲醫也以莞爲席以芻爲狗北面而祝之發十言耳諸扶輿而來者皆平復如故子之方豈能若是乎扁鵲曰不能又曰吾聞中古之爲醫者曰踰跗踰跗之爲醫也搦木爲腦芷草爲軀吹竅定腦死者復生子之方豈能若是乎扁鵲曰不能中庶子曰苟如子之方譬如以管窺天以錐刺地所窺者大所見者小

所刺者巨所中者少如子之方豈足以變童子哉扁鵲曰不然事故有昧投而中蟲頭掩目而別白黑者夫世子病所謂尸蹶者以爲不然試入診世子股陰當溫耳焦焦如有啼者聲若此者皆可活也中庶子遂入診世子以病報虢侯聞之足跣而起至門曰先生遠辱幸臨寡人先生幸而治之則糞土之息得蒙天地載長爲人先生弗治則先犬馬塡壑矣言未卒而涕流沾襟扁鵲入砥鍼礪石取三陽五輸爲先軒之竈八拭之陽子同藥子明

說苑尸厥

虢侯當重說苑趙王重

說苑作得蒙天履地而長爲人矣

說苑作軒光之竈八成之湯子容擣藥子

史作八減之齊

苑作子明吹耳陽儀反神子越扶形子游矯摩

以說苑校改耳字夫字當有如作夫死者猶可藥而生矣則上添夫字去一況字更妖罷說苑作亂

御覽三百八十三

灸陽子游按摩子儀反神子越扶形於是世子復生天下聞之皆以扁鵲能起死人也扁鵲曰吾不能起死人直使夫當生者起死者猶可藥而況生乎悲夫罷君之治無可藥而息也詩曰不可救藥言必亡而已矣

楚丘先生披蓑帶索往見孟嘗君孟嘗君曰先生老矣春秋高矣多遺忘矣何以教文楚丘先生曰惡君謂我老惡君謂我老意者將使我投石超距乎追車赴馬乎逐麋鹿搏豹虎乎吾則死矣何暇老

御覽一百六十

泰山列子作芊芊

列子作史孔梁邱據

後漢八十下趙壹傳注引作周子高曰對景公

晏子春秋作棧車
棧與棧通漢書棧
奇賈子作棧奇

御覽四百廿八引新序作棧

哉將使我深計遠謀乎定猶豫而決嫌疑乎出正辭而當諸侯乎吾乃始壯耳何老之有孟嘗君赧然汗出至踵曰文過矣文過矣詩曰老夫灌灌

齊景公遊于牛山之上而北望齊曰美哉國乎鬱鬱泰山使古而無死者則寡人將去此而何之俯而泣沾襟國子高子曰然臣賴君之賜疏食惡肉可得而食也駑馬柴車可得而乘也且猶不欲死況君乎俯泣晏子曰樂哉今日嬰之遊也見怯君一而諛臣二使古而無死者則太公至今猶存吾君

呂氏愛士篇八　淮南氾論訓

說苑作駮呂同　復恩篇

新序八

方今將被蓑笠而立乎畎畝之中，惟事之恤，何暇念死乎。景公慙而舉觴自罰，因罰二臣。

秦繆公將田而喪其馬，求三日而得之於莖山之陽，有鄙夫乃相與食之。繆公曰：此駮馬之肉，不得酒者死。繆公乃求酒徧飲之，然後去。明年，晉師與繆公戰，晉之左格右者圍繆公而擊之，甲已墮者六矣。食馬者三百餘人皆曰：吾君仁而愛人，不可不死。還擊晉之左格右，免繆公之死。

傳曰：卞莊子好勇，母無恙時，三戰而三北，交游非之

序無七字

國君辱之卞莊子受命顏色不變及母死三年魯興師卞莊子請從至見於將軍曰前猶與母處是以戰而北也辱吾身今母歿矣請塞責遂走敵而鬭獲甲首而獻之請以此塞一北又獲甲首而獻之請以此塞再北將軍止之曰足不止又獲甲首而獻之曰請以此塞三北將軍止之曰足請爲兄弟卞莊子曰夫北以養母也今母歿矣吾責塞矣吾聞之節士不以辱生遂奔敵殺七十人而死君子聞之曰三北已塞責又滅世斷宗士節小具矣

而於孝未終也詩曰靡不有初鮮克有終
天子有爭臣七人雖無道不失其天下昔殷王紂殘賊百姓絕逆天道至斮朝涉刳孕婦脯鬼侯醢梅伯然所以不亡者以其有箕子比干之故微子去之箕子執囚爲奴比干諫而死然後周加兵而誅絕之諸侯有爭臣五人雖無道不失其國吳王夫差爲無道至驅一市之民以葬闔閭然所以不亡者有伍子胥之故也胥以死越王句踐欲伐之范蠡諫曰子胥之計策尚未忘於吳王之腹心也子

胥死後三年越乃能攻之大夫有爭臣三人雖無道不失其家季氏爲無道僭天子舞八佾旅泰山以雍徹孔子曰是可忍也孰不可忍也然不亡者以冉有季路爲宰臣也故曰有諤諤爭臣者其國昌有默默諛臣者其國亡詩曰不明爾德時無背無側爾德不明以無陪無卿言大王咨嗟痛殷商無輔弼諫諍之臣而亡天下矣

齊桓公出遊遇一丈夫裒衣應步帶著桃殳桓公怪而問之曰是何名何經所在何篇所居何以斥逐

何以避余丈夫曰是名二桃桃之爲言亡也夫日日慎桃何患之有故亡國之社以戒諸侯庶人之戒在於桃殳桓公說其言與之共載來年正月庶人皆佩詩曰殷監不遠

齊桓公置酒令諸侯大夫曰後者飲一經程管仲後當飲一經程飲其一半而棄其半桓公曰仲父當飲一經程而棄之何也管仲曰臣聞之酒入口者舌出舌出者棄身與其棄身不寧棄酒乎桓公曰善詩曰荒湛于酒

說苑奉使篇
晏子雜下篇

齊景公遣晏子南使楚楚王聞之謂左右曰齊遣晏子使寡人之國幾至矣左右曰晏子天下之辯士也與之議國家之務則不如也與之論往古之術則不如也王獨可以與晏子坐使有司束人過王王問之使言齊人善盜故束之是宜可以困之王曰善晏子至即與之坐圖國之急務辯當世之得失再舉再窮王默然無以續語居有間束縛以過之王曰何為者也有司對曰是齊人善盜束而詰吏王欣然大笑曰齊乃冠帶之國辯士之化固善

何以避余丈夫曰是名二桃桃之爲言亡也夫日日愼桃何患之有故亡國之社以戒諸侯庶人之戒在於桃殳桓公說其言與之共載來年正月庶人皆佩詩曰殷監不遠

齊桓公置酒令諸侯大夫曰後者飲一經程管仲後當飲一經程飲其一半而棄其半桓公曰仲父當飲一經程而棄之何也管仲曰臣聞之酒入口者舌出舌出者棄身與其棄身不寧棄酒乎桓公曰善詩曰荒湛于酒

說苑奉使篇
晏子雜下篇

官怠於宦成
材欲靜　九之二
八之十一下末

齊景公遣晏子南使楚楚王聞之謂左右曰齊遣晏子使寡人之國幾至矣左右曰晏子天下之辯士也與之議國家之務則不如也與之論往古之術則不如也王獨可以與晏子坐使有司束人過王王問之使言齊人善盜故束之是宜可以困之王[illegible]之坐圖國之急務辯當世之得[illegible]然無以續語居有閒束縛以過之王曰何爲者也有司對曰是齊人善盜束而詣吏王欣然大笑曰齊乃冠帶之國辯士之化固善

後作土地是　施作其六
土地使之然也

盜乎晏子曰然固取之王不見夫江南之樹乎名
橘樹之江北則化爲枳何則地土使然爾夫子處
齊之時冠帶而立儼有伯夷之廉今居楚而善盜
意土地之化使然爾王又何怪乎詩曰無言不讐酬
無德不報
吳延陵季子遊於齊見遺金呼牧者取之牧者曰子
居之高視之下貌之君子而言之野也吾有君不
君有友不友當暑衣裘君疑取金者乎延陵子知
其爲賢者請問姓字牧者曰子乃皮相之士也何

詩攷

足語姓字哉遂去延陵季子立而望之不見乃止

孔子曰非禮勿視非禮勿聽

顔淵問於孔子曰淵願貧如富賤如貴無勇而威與士交通終身無患難亦且可乎孔子曰善哉回也夫貧而如富其知足而無欲也賤而如貴其讓而有禮也無勇而威其恭敬而不失於人也終身無患難其擇言而出之也若回者其至乎雖上古聖人亦如此而已

齊景公出田十有七日而不反晏子乘而往比至衣

晏子下不同

疑可不

冠不正景公見而怪之曰夫子何遽乎得無有急
乎晏子對曰然有急國人皆以君爲惡民好禽臣
聞之魚鼈厭深淵而就乾淺故得於釣網禽獸厭
深山而下於都澤故得於田獵今君出田十有七
日而不反不亦過乎景公曰不然爲賓客莫應待
邪則行人子牛在爲宗廟而不血食邪則祝人太
宰在爲獄不中邪則大理子幾在爲國家有餘不
足邪則巫賢在寡人有四子猶有四肢也而得代
焉不可患焉晏子曰然人心有四肢而得代焉則

沈唐毛本綱程本亦同

御覽三百三 三百五十 九百五十六 說苑吴王欲伐荊少孺子諫語畧相似

善矣令四肢無心十有七日不死乎景公曰善哉言遂援晏子之手與驂乘而歸若晏子者可謂善諫者矣

楚莊王將興師伐晉告士大夫曰敢諫者死無赦孫叔敖曰臣聞畏鞭箠之嚴而不敢諫其父非孝子也懼斧鉞之誅而不敢諫其君非忠臣也於是遂進諫曰臣園中有榆其上有蟬蟬方奮翼悲鳴欲飲清露不知螳蜋之在後曲其頸欲攫而食之也螳蜋方欲食蟬而不知黃雀在後舉其頸欲啄而

食之也黃雀方欲食螳蜋不知童子挾彈丸在下迎
而欲彈之童子方欲彈黃雀不知前有深坑後有
窟也此皆言前之利而不顧後害者也非獨昆蟲
衆庶若此也人主亦然君今知貪彼之土而樂其
士卒國不怠而楚國以寧孫叔敖之力也
晉平公之時藏寶之臺燒士大夫聞者趨車馳馬救
火三日三夜乃勝之公子晏子獨束帛而賀曰甚
善矣平公勃然作色曰珠玉之所藏也國之重寶
也而天火之士大夫皆趨車走馬而救之子獨束

帛而賀何也有說則生無說則死公子晏子曰何敢無說臣聞之王者藏於天下諸侯藏於百姓商賈藏於篋匱今百姓之於外短褐不蔽形糟糠不充口虛耗而賦斂無已王收太半而藏之臺是以天火之且臣聞之昔者桀殘賊海內賦斂無度萬民甚苦是故湯誅之爲天下戮笑今皇天降災於藏臺是君之福也而不自知變悟亦恐君之爲鄰國笑矣公曰善自今已往請藏於百姓之間詩曰稼穡維寶代食維好

新序雜事五 淮南道應訓 呂氏適威篇作魏武侯

上多八字此疑脫

說苑立節篇

魏文侯問里克曰吳之所以亡者何也里克對曰數戰而數勝文侯曰數勝國之福也其獨亡何也里克對曰數戰則民疲數勝則主驕驕則恣恣則極。上下俱極。吳之亡猶晚矣。此夫差所以自喪於干遂詩曰天降喪亂滅我立王

物疲則怨 怨則極慮

楚有士曰申鳴治園以養父母孝聞於楚王召之申鳴辭不往其父曰王欲用汝何謂辭之申鳴曰何舍爲子乃爲臣乎其父曰使汝有祿於國有位於廷汝樂而我不憂矣我欲汝之仕也申鳴曰諾遂

說苑作圍之

說苑云分楚國之半
係據宋本

之朝受命楚王以爲左司馬其年遇白公之亂殺令尹子西司馬子期申鳴因以兵之衛白公謂石乞曰申鳴天下勇士也今將兵爲之柰何石乞曰吾聞申鳴孝也劫其父以兵使人謂申鳴曰子與我則與子楚國不與我則殺乃父申鳴流涕而應之曰始則父之子今則君之臣已不得爲孝子矣安得不爲忠臣乎援桴鼓之遂殺白公其父亦死焉王歸賞之申鳴曰受君之祿避君之難非忠臣也正君之法以殺其父又非孝子也行不兩全名

呂氏長見篇
淮南齊俗訓十一

不兩立悲夫若此而生亦何以示天下之士哉遂自刎而死詩曰進退惟谷

昔者太公望周公旦受封而見太公問周公何以治魯周公曰尊尊親親太公曰魯從此弱矣周公問太公曰何以治齊太公曰舉賢賞功周公曰後世必有劫殺之君矣後齊日以大至於霸二十四世而田氏代之魯日以削三十四世而亡由此觀之聖人能知微矣詩曰惟此聖人瞻言百里

韓詩外傳卷十終